我的第一本
日語文法

進階篇

全音檔下載導向頁面

http://booknews.com.tw/mp3/9789864543991.htm

掃描QR碼進入網頁後,按「全書音檔下載請按此」連結,
可一次性下載音檔壓縮檔,或點選檔名線上撥放。

iOS系統請升級至iOS 13後再行下載
全書音檔為大型檔案,建議使用WIFI連線下載,以免占用流量,
並確認連線狀況,以利下載順暢。

如何使用本書

文法介紹

本書先從複習日語的基本知識開始,說明基本的動詞變化、時態變化、基礎敬語之後,會正式開始介紹日語必需搞懂的各種句型,本書以協助讀者脫離初學者的階段為目標,以日語檢定測驗的N3與N2為基準,選出不只在日本的日常生活都看得到的各種句型,也是考試必考的基本知識。

01 表示「原因」的 〜による／により／によって

JGA01.mp3

爺さんの突然の死によって、父に様々な苦労が降りかかった。
由於爺爺突然去世,爸爸多了各式各樣的苦勞。

おばあちゃんの努力によって、うちの食事情が一気に改善された。
由於奶奶的努力,我們家裡的飯菜一口氣改善。

謎の病気による犠牲者は、10人となりました。
原因不明的疾病的犠牲者,已有10人。

★ 文法重點

「〜による／により／によって〜」是用來表達「原因」、「由於」的句型,該句型之前為「原因」,之後為「結果」。

也可以用來表示根據、手段、或是表示「B被A〜」等多種意思,但該句型之前為「原因」,之後為「結果」這點不會改變。基本句型架構為:

◆ 名詞+による／により／によって

其後要直接接續另一個名詞時只能用「による」。本文型有多種用法,但句型架構相同。

034

例句

在每個單元的開頭,例句旁邊都附有圖片讓讀者可以推測此單元要教的文法意義。因為圖片都是日常生活中的場景,再跟句子互相結合,能讓讀者更容易理解本單元的重點文法。

文法重點

解說日語文法的一般用法及使用上的注意事項,來幫助讀者減低文法使用錯誤的機率。這些重點根據詞類或變化的不同,有時會整理成表格來呈現,讓讀者可以一次理解,不會混淆。

音檔

用手機掃描此處的QR碼即可馬上下載及撥放此單元的MP3音檔。本書內的例句皆有附上由日語母語人士錄製的音檔,分為「例句示範」、「範例會話」兩個部分。若不想每個單元都要掃描,也可翻到本書第一頁,掃描此處的QR碼可以找到本書專屬的的網頁,列出書內所有的音檔,也可以一次下載所有的音檔。

文法接續

★ 文法接續

「に／と」是一個格助詞，前面會放名詞。

◆名詞＋比べて／に比べると

この製品は前のモデルに比べて、性能が大幅に向上している。
這款產品相較於之前的型號，性能有了大幅提升。

★ 會話

A：石井さんは私に比べて、豊富な経験を持っているので、色んな人に対応できます。
B：本当にかっこいいですね。

A：石井小姐跟我比起來，擁有更豐富的經驗，所以可以應對各式各樣的人。
B：真的很帥氣呢！

A：毎日運動してる人は運動しない人に比べて、病気になりにくいそうですね。
B：そうですか。では、このあとジムに行きます。

A：聽說每天運動的人比不運動的人還要不會生病呢。
B：是這樣啊。那我之後去運動。

A：子供の時に比べると、疲れやすくなったと感じますね。
B：年が年だしね。

A：跟小時候比，感覺更容易疲憊呢。
B：已經老了呢。

「文法接續」會列出該文法實際運用時的各種形式，目的在於幫助讀者了解日本人實際上是如何使用該文法。

若該單元介紹的複數文法意思相同，但在用法上有些微差異，則會改為說明「各文法用法差異」，幫助讀者理解其微妙的差別。

會話

會話部分是由三段小對話組成，從會話中，讀者可再次的確認並學習如何活用從「文法重點」單元中所學到的文法。對話的句子不只可用來解釋文法，也展現了這些文法在日常生活中如何被使用。

課後練習

請將以下的中文句子翻譯成日語。

1. 由於大雪，往仙台的道路閉鎖了。（仙台＝仙台，大雪＝大雪）
   ＿＿＿＿＿＿＿＿＿＿＿＿＿＿

2. 文化因國而異。
   ＿＿＿＿＿＿＿＿＿＿＿＿＿＿

3. 根據警察找到的證據，判決有罪。（有罪＝有罪判決）
   ＿＿＿＿＿＿＿＿＿＿＿＿＿＿

4. 這個人偶是用鐵做的。（人偶＝人形）
   ＿＿＿＿＿＿＿＿＿＿＿＿＿＿

5. 漫畫被媽媽丟掉了。（漫畫＝漫画）
   ＿＿＿＿＿＿＿＿＿＿＿＿＿＿

課後練習和章節總複習

此處旨在藉由練習題確認學習者是否確實能了解此單元的文法重點。除了測試理解的程度外，練習題也能夠促使學習者積極地使用這些文法。

每個章節結束後也會有3到6題的追加問題，形式類似日語能力測驗最常見的選擇題，供讀者複習本章的內容。

目錄

使用說明

第一章　回顧日語的基礎
日語的動詞變化 10
日語的時態變化 17
基礎日語敬語 26

第二章　表示原因與理由
01　～による／～により／によって～　由於～ 34
02　からこそ　正因為～所以 38
03　おかげで／せいで　拜～之賜 42
04　ものだから／もの　因為～ 46
05　上は／以上／からには　既然～就 49

第三章　表示時間或場面
06　折に／際に　～的時候 56
07　うちに／最中に／ところを　正在～的時候 59
08　において／における／においても　在～時間／地點／場合 63

第四章　表示比較
09　～に比べて／に比べると　與～相比 68
10　ほど～はない／くらい～はない　沒有比～更加 71

11 〜に限る　最好的是〜 ... 74

第五章　表示讓步

12 としても／としたって　即使〜也〜 ... 80

13 にしろ〜にしろ／にせよ〜にせよ／にしても〜にしても
　　無論〜都〜 ... 83

第六章　表示逆接

14 くせして／くせに　明明〜卻 ... 88

15 つつ／つつも　雖然〜卻 ... 91

16 にもかかわらず　儘管〜但是 ... 94

17 かと思いきや／かと思ったら／かと思えば　原以為〜但是〜 ... 97

第七章　表示條件

18 としたら／とすれば／とすると　如果〜會 ... 102

19 となると／となれば／となったら　要是〜會 ... 105

20 ないことには　要是沒〜就不能〜 ... 108

21 かぎり　除非 ... 111

22 さえ〜ば　只要〜就 ... 114

第八章　表示傾向

23 がち　常常會〜 ... 120

24 っぽい　感覺好像〜 ... 123

25 気味　有點〜 ... 126

第九章　表示願望

26　てほしい　希望〜 132

27　たいものだ　真想〜 135

28　ないものか／ないものだろうか　難道不能〜嗎 138

第十章　表示建議

29　ようではないか／ようではありませんか　讓我們〜吧 144

30　ものだ／ことだ　應是〜 147

31　べき／べきではない　應當／不應當 151

第十一章　表示許可或禁止

32　ことはない／こともない　沒必要〜 156

33　てもさしつかえない　做〜也可以 159

34　まじき　不該有的〜 162

第十二章　表示推測

35　はずだ　應該會〜 168

36　まい　應該不會〜 171

37　恐れがある　恐怕會〜 174

38　兼ねない　很可能〜 177

39　に違いない／に相違ない　肯定是〜 180

第十三章　表示不限於

40　ばかりか／ばかりでなく　不僅〜還 186

41　に限らず／に限ったことではない　不只是〜 189

42　のみならず／のみか　非但〜也 192

第十四章　表示基準

43 通(とお)り　如同～ 198

44 に基(もと)づいて／に基(もと)づき／に基(もと)づく　按照～ 201

45 を踏(ふ)まえ／を踏(ふ)まえて／を踏(ふ)まえた　以～為前提 204

46 に沿(そ)って／に沿(そ)った　按照～ 207

第十五章　表示關聯、對應

47 によって／によっては　根據～而～(不同) 212

48 次第(しだい)／次第(しだい)で／次第(しだい)では　根據～而定 215

49 をきっかけにして／を契機(けいき)にして　以～為契機 218

第十六章　表示舉例

50 とか～とか　之類～之類 224

51 やら～やら　又是～又是 227

52 と言(い)い～と言(い)い　也好～也好 230

第十七章　表示排除

53 にもかかわらず／を問(と)わず　不論～ 236

54 はともかく／は別(べつ)として／はさておき　先不管～ 239

55 をよそに／もかまわず　不顧～ 243

第十八章　表示斷定

56 ～にほかならない／ほかならぬ～　無非是～ 250

57 に決(き)まっている　一定是～ 254

58 しかない／ほかない　只有～ 257

59 に越(こ)したことはない　最好是～ 260

60　にすぎない　不過是〜 263

第十九章　表示否定、部分否定
　　　61　わけがない／はずがない　不可能〜 268
　　　62　どころではない　不是〜的時候 271
　　　63　とは限らない／ないとも限らない　未必〜 274

第二十章　表示強迫
　　　64　わけにはいかない　不能〜 280
　　　65　ざるをえない　不得不〜 283
　　　66　ずにはいられない／ずには済まない／ずにはおかない　不得不〜 286

附錄
　　　範例解答 291

第1章

回顧日語的基礎

日語的動詞變化
日語的時態變化
基礎日語敬語

日語的動詞變化

高価な商品を買わされました。
我被強迫推銷高價的商品了。

息子に好きなおもちゃを買わせました。
我讓兒子買他喜歡的玩具了。

　　動詞變化前，要先意識到這個動詞本身是哪一類的動詞。五段活用動詞（又稱五段動詞）也叫「第一類動詞」；上、下一段活用動詞（簡稱上、下一段動詞）又叫「第二類動詞」；「カ行」變格活用動詞、「サ行」變格活用動詞兩個合稱「第三類動詞」，為了名稱上方便記憶，以下皆用第一、第二、第三類動詞來稱呼。

　　三種類型的各個動詞變化如下：

◆ **否定型：**
　　第一類：動詞語尾的「ウ段音」改為「ア段音」＋ない
　　　　例：行く（去）→行か＋ない

　　第二類：動詞語尾的「る」改成「ない」
　　　　例：浴びる（沐浴）→浴びない

　　第三類：只有「来る」、「する」兩個字，直接記下

（注意「来る」的讀音變化）

来る（來）→来ない

する（做）→しない

◆ て形、た形（連用形）：

第一類（有音便）：

1. 促音便：動詞語尾是「う」、「つ」、「る」

    例：会う（見面）→会って、会った

    　　立つ（站立）→立って、立った

    　　減る（減少）→減って、減った

2. 鼻音便（撥音便）：動詞語尾是「ぬ」、「ぶ」、「む」

    例：死ぬ（死亡）→死んで、死んだ

    　　遊ぶ（玩）→遊んで、遊んだ

    　　産む（生產）→産んで、産んだ

3. イ音便：動詞語尾是「く」、「ぐ」，改成「て形」時就會出現「い」

    例：拭く（擦）→拭いて、拭いた

    　　防ぐ（防止）→防いで、防いだ

4. イ音便中唯一一個例外

    行く→行って、行った

第二類（無音便）：

例：起きる（起來）→起きて、起きた

　　浴びる（沐浴）→浴びて、浴びた

　　降りる（降下）→降りて、降りた

　　借りる（借用）→借りて、借りた

増える（增加）→増えて、増えた

かける（蓋上）→かけて、かけた

見せる（給看）→見せて、見せた

第三類（例外）：

例：来る（來）→来て、来た

　　する（做）→して、した

◆ **原形（辭書形、連體形）：**

第一、二、三類動詞皆為動詞語尾「ウ段音」，先判斷是第一還是第二類（因為第三類只有「来る」跟「する」），再進行變換。

第一類：ます前面的假名換到「ウ段音」

　　　　例：知ります（知道）→知る

第二類：「ます」直接換成「る」

　　　　例：寝ます（睡）→寝る

第三類：直接記下（注意「来ます」的讀音變化）

　　　　来ます（來）→来る

　　　　します（做）→する

◆ **可能形：**

第一類：動詞語尾的「ウ段音」改為「エ段音」

　　　　例：飲みます（喝）→飲めます

第二類：動詞語尾的「る」改成「られる」

　　　　例：借りる（借用）→借りられる

第三類：直接記下（注意「来る」的讀音變化）

　　　　来る（來）→来られる

する（做）→できる

◆ **假定形（條件形）：**

第一類：動詞語尾的「ウ段音」改為「エ段音」+ば

例：行く（去）→行けば

第二類：動詞語尾的「る」改成「れば」

例：借りる（借用）→借りれば

捨てる（捨棄）→捨てれば

第三類：直接記下

来る（來）→来れば

する（做）→すれば

◆ **命令形：**

第一類：動詞語尾「ウ段音」改為「エ段音」

例：やる（做）→やれ

第二類：將動詞語尾改為「ろ」

例：受ける（接受）→受けろ

第三類：直接記下（注意「来る」的讀音變化）

来る（來）→来い

する（做）→しろ

◆ **禁止形：**

第一、二、三類皆是「辭書形＋な」

例：入る（進入）→入るな

意量形（意向形）：

第一類：動詞語尾的「ウ段音」改為「オ段音＋う」

　　　　例：行う（進行）→行おう

第二類：「る」換成「よう」

　　　　例：食べる（吃）→食べよう

第三類：直接記下（注意「来る」的讀音變化）

　　　　来る（來）→来よう

　　　　する（做）→しよう

◆ **使役形：**

第一類：動詞語尾的「ウ段音」改為「ア段音＋せる」

　　　　例：読む（讀）→読ませる

第二類：「る」換成「させる」

　　　　例：見る（看）→見させる

第三類：直接記下（注意「来る」的讀音變化）

　　　　来る（來）→来させる

　　　　する（做）→させる

◆ **被動形（受身形）、尊敬形：**

注意被動形跟尊敬形長得一樣，但是意思不同，要從前後文去判斷意思。

第一類：動詞語尾的「ウ段音」改為「ア段音＋れる」

　　　　例：置く（放）→置かれる

第二類：「る」換成「られる」

　　　　例：食べる（吃）→食べられる

第三類：直接記下（注意「来る」的讀音變化）

　　　　来る（來）→来られる

　　　　する（做）→される

◆ 使役被動形（使役受身形）：

第一類：動詞語尾的「ウ段音」改為「ア段音＋せられる」，語尾非「サ行」的可以省略成『「ウ段音」改為「ア段音」＋される（把せら合併成さ）』

　　　例：行く（去）→行かせられる→行かされる（可省略）
　　　　　話す（說）→話させられる（不可省略）

第二類：「る」換成「させられる」

　　　例：食べる（吃）→食べさせられる

第三類：直接記下（注意「来る」的讀音變化）

　　　来る（來）→来させられる
　　　します（做）→させられる

★會話

A：こう見えても、昔よく母に叱られたものです。
B：それは意外ですね。

A：別看我這樣，以前可是常常被媽媽罵呢。
B：真是令人意外啊。

A：デパートに行ったんだけど、化粧品を買わされました。
B：つい流されちゃったんですね。

A：我去了百貨公司，結果被推銷買了化妝品。
B：不小心就被牽著走了啊。

A：娘は今の学校が嫌だって言ったから、転校させました。
B：え？本当に大丈夫なんですか。

A：女兒說討厭現在的學校，所以我讓她轉學了。
B：咦？這樣真的好嗎？

課後練習

請將以下的中文句子翻譯成日語。

1. 上週五,我先沖澡,再慢跑,再去公司。(慢跑＝ジョギング)
   _____

2. 火災!快逃!
   _____

3. 我讓女兒選喜歡的禮物。(禮物＝プレゼント)
   _____

4. 今天很閒,可以偷懶(偷懶＝サボる)
   _____

5. 我的日記被媽媽看了。(日記＝日記(にっき))
   _____

解答請見 292 頁

日語的時態變化

彼女(かのじょ)は台湾(たいわん)に住(す)ん**でいる**方(かた)です。
她是住在台灣的人。

あのお店(みせ)は美味(おい)しく**なかった**です。
那間店之前不好吃。

　　日語單字有分「普通形（對熟人的語氣）」跟「丁寧形（有禮貌的語氣）」兩種，而有時態變化的有「動詞」、「い形容詞」、「な形容詞（形容動詞）」、名詞這四種詞，並且這有「現在肯定」、「現在否定」、「過去肯定」、「過去否定」四種時態，但並非四種詞都再有四種獨特的時態變化，如「な形容詞」跟名詞的四種時態是完全一樣的。

　　動詞有進行式的「現在肯定」、「現在否定」、「過去肯定」、「過去否定」。要注意進行式不一定是「目前動作」，也可能是「目前的狀態」或表示「習慣」，要從動詞本身的意思，跟前後文來判斷。

◆ **名詞、「な形容詞」丁寧形的「現在肯定」：〜です**

　　例：英国(えいこく)**です**。
　　　　是英國。

　　　　得意(とくい)**です**。
　　　　是擅長的。

◆ 名詞、「な形容詞」普通形的「現在肯定」：～だ（可省略）

　　例：誕生日だ。
　　　　是生日。

　　　　素敵。
　　　　好棒。

◆ 名詞、「な形容詞」丁寧形的「現在否定」：～じゃありません／じゃないです

　　例：アメリカじゃないです。
　　　　不是美國。

　　　　大丈夫じゃありません。
　　　　沒有沒事。

◆ 名詞、「な形容詞」普通形的「現在否定」：～じゃない

　　例：ケンタッキーじゃない。
　　　　不是肯德基。

　　　　オシャレじゃない。
　　　　不潮。

◆ 名詞、「な形容詞」丁寧形的「過去肯定」：～でした

　　例：マレーシアでした。
　　　　（之前）是馬來西亞。

　　　　元気でした。
　　　　（之前）是有精神的。

◆ 名詞、「な形容詞」普通形的「過去肯定」：～だった

　　例：マクドナルド**だった**。
　　　　（之前）是麥當勞。

　　　　苦手**だった**。
　　　　（之前）是不擅長的。

◆ 名詞、「な形容詞」丁寧形的「過去否定」：～じゃありませんでした／じゃなかったです。

　　例：スーパー**じゃありませんでした**。
　　　　（之前）不是超市。

　　　　便利**じゃなかったです**。
　　　　（之前）不是方便的。

◆ 名詞、「な形容詞」普通形的「過去否定」：～じゃなかった

　　例：リュック**じゃなかった**。
　　　　（之前）不是背包。

　　　　丈夫**じゃなかった**。
　　　　（之前）不堅固。

◆ 「動詞」丁寧形的「現在肯定」：～ます

　　例：行い**ます**。
　　　　執行。

◆ 「動詞」普通形的「現在肯定」：辭書形

　　例：行う／掛ける／する
　　　　執行／懸掛／做

◆ 「動詞」丁寧形的「現在否定」：～ません
　　例：殴（なぐ）り**ません**。
　　　　不打。

◆ 「動詞」普通形的「現在否定」：「ない形」
　　例：やら**ない**／見（み）**ない**／来（こ）**ない**
　　　　不過／不看／不來

◆ 「動詞」丁寧形的「過去肯定」：～ました
　　例：し**ました**。
　　　　做了。

◆ 「動詞」普通形的「過去肯定」：「た形」
　　例：立（た）**った**。
　　　　站起來了。

◆ 「動詞」丁寧形的「過去否定」：～ませんでした／「ない形」把「い」改「かったです」
　　例：雨（あめ）が降（ふ）り**ませんでした**。／雨（あめ）が降（ふ）らな**かったです**。
　　　　（之前）沒有下雨。

◆ 「動詞」普通形的「過去否定」：「ない形」把「い」改「かった」
　　例：留学（りゅうがく）し**なかった**。
　　　　（之前）沒有留學。

◆ 「い形容詞」丁寧形的「現在肯定」：～です

　　例：大(おお)きいです。
　　　　是大的。

◆ 「い形容詞」普通形的「現在肯定」：～です

　　例：おいしいです。
　　　　是好吃的。

◆ 「い形容詞」丁寧形的「現在否定」：「い」換「くない」＋です

　　例：安(やす)くないです。
　　　　是不便宜的。

◆ 「い形容詞」普通形的「現在否定」：「い」換「くない」

　　例：難(むずか)しくない。
　　　　是不難的。

◆ 「い形容詞」丁寧形的「過去肯定」：「い」換「かった」＋です

　　例：美味(おい)しかったです。
　　　　（之前）是好吃的。

◆ 「い形容詞」普通形的「過去肯定」：「い」換「かった」

　　例：すごかった。
　　　　（之前）是厲害的。

◆ 「い形容詞」丁寧形的「過去否定」：「い」換「くなかった」＋です
　　例：正(ただ)しくなかったです。
　　　　（之前）是不正確的。

◆ 「い形容詞」普通形的「過去否定」：「い」換「くなかった」
　　例：恐(おそ)ろしくなかった。
　　　　（之前）不是可怕的。

◆ 「動詞」丁寧形的「現在進行肯定」：動詞「て形」＋います。
　　例：出張(しゅっちょう)しています。
　　　　正在出差。

◆ 「動詞」普通形的「現在進行肯定」：動詞「て形」＋いる。
　　例：結婚(けっこん)している。
　　　　已經結婚了。

◆ 「動詞」丁寧形的「現在進行否定」：動詞「て形」＋いません。／動詞「て形」＋いないです。
　　例：高(たか)くなっていないです。
　　　　不是貴的狀態。

◆ 「動詞」普通形的「現在進行否定」：動詞「て形」＋いない。
　　例：更新(こうしん)していない。
　　　　沒有在更新的狀態。

◆ 「動詞」丁寧形的「過去進行肯定」：動詞「て形」＋いました。

  例：説明<ruby>せつめい</ruby>していました。
   之前說明過了。

◆ 「動詞」普通形的「過去進行肯定」：動詞「て形」＋いた。

  例：映画<ruby>えいが</ruby>を見<ruby>み</ruby>ていた。
   之前在看電影。

◆ 「動詞」丁寧形的「過去進行否定」：動詞「て形」＋いませんでした。／動詞「て形」＋いなかったです。

  例：壊<ruby>こわ</ruby>れていませんでした。
   之前沒有壞。

◆ 「動詞」普通形的「過去進行否定」：動詞「て形」＋いなかった。

  例：やっていなかった。
   之前沒有在做。

★ 會話

A：先週のプレゼン、順調に終わりましたか。

B：いや、全然だめでした。

A：ハワイ旅行、どうでしたか。

B：最高でした。景色も綺麗だし、みんなも優しかったですよ。

A：今の女の子、めっちゃ可愛くないですか。

B：いや、タイプじゃないので、可愛くないと思います。

A：上週的簡報，順利結束了嗎？

B：不，完全不行。

A：夏威夷旅行怎麼樣？

B：非常讚！景色又漂亮，大家也都很親切。

A：剛剛的妹子，不覺得超可愛嗎？

B：不，不是我的菜所以我覺得不可愛。

課後練習

請將以下的中文句子翻譯成日語。

1. 十年前，我是大學生。
   _____

2. 以前我不懂交朋友的方法。（交朋友的方法＝友達の作り方）
   _____

3. 前天吃的拉麵真好吃。
   _____

4. 上次的社團的活動不好玩。（社團＝サークル）
   _____

5. 我以前曾經經營公司。（經營＝経営）
   _____

解答請見 292 頁

025

基礎日語敬語

社長は東京へ**いらっしゃいます**。
社長要去東京。

私は藤原豆腐と**申します**。
我叫藤原豆腐。

一階で**ございます**。
在一樓。

　　敬語分為尊敬語、謙讓語、丁寧語。「尊敬語」是在丁寧形的這個有禮貌的口氣基礎之上，再去把一些字變形表示尊敬（尊敬形），或改變一些文型結構（尊敬文型），又或者直接換一個字（尊敬語），用來表達對想要表達敬意的「他人（自己以外的人）」或「外人（自己的團體以外的人）」的動作或狀態。

　　尊敬形：換法請參考前面「日語的動詞變化」

　　　　例：お客様はフロントに来**られました**。
　　　　　　客人來櫃檯了。

　　尊敬的文型：透過在動詞前後增加或刪減一些字，來達到尊敬的效果。最常見的是「お／ご（接頭語、美化語）＋動詞ます形（連用形）去掉ます＋になります」。

例：部長はお使いになりますか。
　　部長您要用嗎？

尊敬語：直接換一個字，需要去記換哪個字才會用。常用的尊敬語如下：

ます形	ます形尊敬語
行きます（去）	いらっしゃいます
来ます（來）	
います（在）	
食べます（吃）	召し上がります
飲みます（喝）	
言います（說）	おっしゃいます
知っています（知道）	ご存知です
見ます（看）	ご覧になります
します（做）	なさいます
くれます（給）	くださいます

要注意有部分動詞的尊敬語是一樣的，這時候要從前後文判斷意思。

例：山田課長はいらっしゃいますか。
　　山田課長在嗎？（沒有「地點＋に」或「地點＋へ」，可以知道原本是表存在的「います」）

例：コーヒーを召し上がりますか。
　　要喝咖啡嗎？（咖啡是用喝的，所以原本一定是「飲みます」）

「謙讓語」只有謙讓的文型，以及謙讓語。是講自己或自己的團體的動作或狀態，或者是自己或自己的團體跟對方或對方的團體有的互動。簡言之，都是自己的

動作，但是會牽涉到是否跟對方有關係。

謙讓的文型：透過在動詞前後增加或刪減一些字，來達到謙讓的效果。最常見的是「お／ご」（接頭語、美化語）＋動詞ます形（連用形）去掉「ます」＋します。

例：**お声がけします。**
會向您打一聲招呼。（把「通知、知會」講得更有禮貌）

謙讓語：直接換一個字，需要去記換哪個字才會用。常用的謙讓語如下：

ます形	ます形謙讓語
行きます（去）	参ります
来ます（來）	
います（在）	おります
食べます（吃）	頂きます
飲みます（喝）	
もらいます（拿）	
見ます（看）	拝見します
言います（說）	仰います
します（做）	致します
聞きます（問） （うちへ）行きます（去（家裡））	伺います
知っています（知道）	存じでおります
知りません（不知道）	存じません
会います（見面）	お目にかかります

028

也有複數動詞共用一個謙讓語的狀況，尤其是「伺います」更需要注意前文到底是「聽」還是「去」。

例：A：「注文してもよろしいでしょうか。」
請問可以點餐嗎？

B：「はい。伺います。」
好的，請說。

※註：「伺います」本身已經是敬語，但還是常常被說成「お伺いします」，也就是「謙讓語」和「謙讓文型」兩種都使用，這種情況叫做「二重敬語（雙重敬語）」。這種情況目前尚有爭議，一般被認為是錯誤的日語，但還是廣泛的被使用。

丁寧語：不涉及自己以及對方的動作，單純表示禮貌的語氣。如：「です」、「ます」、「ございます」這類的句尾。

例：こちらは会場でございます。
這裡是會場。

★ 會話

A：荷物、お手伝いしましょうか。
B：すみません、お願いいたします。

A：行李，我來幫忙吧？
B：不好意思，麻煩你了。

A：どうぞ召し上がってください。
B：では、いただきます。

A：請用。
B：那麼我就開動了。

A：申し訳ございませんが、藤原は只今席を外しておりますので、戻りましたら折り返しご連絡いたします。
B：承知しました。では失礼致します。

A：不好意思，藤原現在不在座位上，回來之後我們會再打電話聯絡您。
B：知道了。那我先掛了。

課後練習

請將以下的中文句子翻譯成日語敬語的講法。

1. 請稍微等一下。
   _____

2. 那麼，我就收下了。
   _____

3. 客人來了。（客人＝お客様_{きゃくさま}）
   _____

4. 明天的 10 點去拜訪老師的家。（家＝お宅_{たく}）
   _____

5. 我不知道。
   _____

解答請見 292 頁

第一章總複習

請從下列選項①～④中，選出最適合填入空白的答案。

1. 友達＿＿＿＿びっくりさせて、本当にすみません。

    ①が　②を　③に　④で

2. 去年は夏休みの間、＿＿＿＿。

    ①友達が来ます。
    ②一緒に映画を見に行きます。
    ③ホームステイで海外に住んでいました。
    ④塾に通っています。

3. ママに買い物を＿＿＿＿。

    ①していきます。
    ②頼まれました。
    ③食事します。
    ④が好きです。

4. 野菜が大嫌いですが、＿＿＿＿。

　①彼女に食べさせられました。
　②毎日食べました。
　③彼女を食べさせた。
　④彼女に食べられた。

5. 上田さんは＿＿＿＿。

　①伺いますか
　②ご覧になります
　③お手伝いしますか
　④いらっしゃいますか

6. かしこまりました、後ほど私が＿＿＿＿。

　①召し上がります
　②いらっしゃいます
　③お伝えします
　④おまとめになります

解答請見 292 頁

第2章 表示原因與理由

- **01** 〜による／〜により／によって〜　由於〜
- **02** からこそ　正因為〜所以
- **03** おかげで／せいで　拜〜之賜
- **04** ものだから／もの　因為〜
- **05** 上は／以上／からには　既然〜就

01 表示「原因」的 ～による／により／によって

爺さんの突然の死**によって**、父に様々な苦労が降りかかった。
由於爺爺突然去世，爸爸多了各式各樣的苦勞。

おばあちゃんの努力**によって**、うちの食事情が一気に改善された。
由於奶奶的努力，我們家裡的飯菜一口氣改善。

謎の病気**による**犠牲者は、10人となりました。
原因不明的疾病的犧牲者，已有10人。

★ 文法重點

「～による／により／によって～」是用來表達「原因」、「由於」的句型，該句型之前為「原因」，之後為「結果」。

也可以用來表示根據、手段、或是表示「B被A～」等多種意思，但該句型之前為「原因」，之後為「結果」這點不會改變。基本句型架構為：

◆ 名詞＋による／により／によって

其後要直接接續另一個名詞時只能用「による」。本文型有多種用法，但句型架構相同。

① 原因

三日間続いた雨によって、町は水没状態だ。
因為下了三天的雨，鎮上淹在水裡。

② 根據

値段によって買うかどうかを判断する。
根據價格判斷要不要買。

③ 手段

この本は筆によって書かれた。
這本書是用毛筆寫的。

④ 被動

雲によって、太陽は遮られた。
太陽被雲擋掉了。

⑤ 對應：表示因～而產生差異。

好みは人によって違う。
喜好應人而異。

★ 各文法用法差異

「による」、「によって」：這兩種文法可以以相同用法使用，在「による」或「によって」之後會接續一個表示結果的句子。但如果後面要直接接續名詞，如本單元第三個例句，則會限定為「～による＋名詞」的形式。

「により」：這是「によって」的一種較艱深的表達方式，意義和用法相同。

★ 會話

A：新しい社長によるワークスタイル改革、ついにうちの部署にも来るんだって。
B：楽しみだね。

A：クールビズによって、シャツなどの紳士服が飛ぶように売れたらしい。
B：目的はそれじゃないでしょうけど、いいことだね。

A：好みは人によって違うのが当たり前なんだから、不味いと言われても怒らないようにね。
B：怒らない自信ないなぁ。この料理作るのに苦労したから。

A：新社長的工作型態改革，終於要來到我們的部門了。
B：真期待啊。

A：據說由於「清涼業務」的推行，襯衫等的男性服裝大賣特賣。
B：雖然那應該不是目的，不過也是好事吧。

A：喜好因人而異是理所當然的，就算被說不好吃也不要生氣喔。
B：我沒自信不生氣啊，這道菜我做的很辛苦。

課後練習

請將以下的中文句子翻譯成日語。

1. 由於大雪，往仙台的道路閉鎖了。（仙台＝仙台，大雪＝大雪）
   _____

2. 文化因國而異。
   _____

3. 根據警察找到的證據，判決有罪。（有罪＝有罪判決）
   _____

4. 這個人偶是用鐵做的。（人偶＝人形）
   _____

5. 漫畫被媽媽丟掉了。（漫畫＝漫画）
   _____

解答請見 292 頁

02 強調「原因」的「からこそ」

インターネットがある**からこそ**、最新情報が常に手に入るのです。
正是因為有網路，我們才可以隨時得到最新資訊。

この商品は値段が安い**からこそ**、たくさん売れました。
正是因為這個商品價格很便宜，才賣了這麼多。

日本が好きだ**からこそ**、日本語を勉強し始めました。
就是因為喜歡日本所以才開始學日語的。

鍋は家族団欒で食べる**からこそ**、おいしく感じられる。
火鍋是和家人團聚一起吃，才會美味。

★ 文法重點

「～からこそ～」是用來強調「正是因為～」，「所以才～」的句型，該句型前句為「原因」，後句為「結果」。

由於是很強調個人主觀的句型，所以後句常常會加「～んだ」或「～のだ」。另外前句幾乎不會使用在「負面」的情況，如：

ピーマンが嫌いからこそ、食べてみたいんです。
就是因為討厭青椒，所以才想試著吃看看。

以上句子可以想像這個人可能為了要克服討厭的青椒，所以才特別想吃，但這是不自然的特殊情況。

前半句是某個重要或特別的理由，後半句是前半句造成的結果。亦可用此句型組合成前置句子開啟新話題，再接續下一句話，也就是作為前置句開啟新話題，如：

家族だからこそ言うけど、今の彼氏は良くないんだよ。
正因為是家人我才說，現在的男朋友不好啦。

★ 文法接續

句尾的品詞若為動詞普通形和「い形容詞」的時候可直接接續「からこそ」，但之前若是「な形容詞」或名詞，在「現在式」時要先加上「だ」。

① 動詞普通形／い形容詞＋からこそ

試験をやってみたからこそ、その難しさがわかった。
正是因為我試過才知道這考試的難度。

この服は大きいからこそオシャレに見えるんだ。
就是因為這衣服很大件所以才看起來很潮。

② 名詞／な形容詞＋だ＋からこそ

今は暇だからこそ、寝る時間があるんだ。
正是因為現在很閒才能睡覺。

学生だからこそ割引がもらえるんだ。
正因為是學生所以才有折價。

★ 會話

A：親友だからこそ言えるけど、山田さんはダイエットしなきゃダメなんだよ。

B：え？私そんなに太ってるの？

A：なんで山田さんは臭豆腐が食べられるの？

B：台湾に長く住んでたからこそ食べられるんだ。

A：全然寒くないのに、なんで山田さんはジャケットを着てるの？

B：風邪を引かないように対策をしているからこそだよ。

A：因為是好朋友我才敢說，山田你真的一定要減肥。

B：咦？我有那麼胖嗎？

A：為什麼山田你吃得下臭豆腐啊？

B：就是因為我住在台灣很久了，才吃得下去。

A：明明就完全不冷，山田你幹嘛穿外套？

B：因為在預防感冒啊。

課後練習

請將以下的中文句子翻譯成日語。

1. 正是因為累了，所以現在正在休息。

2. 正是因為現在是好機會，請加油。

3. 就是因為那位非常可愛，所以我好害羞。

4. 就是因為這個方便，我才買的。

5. 因為沒時間了我才說，答案估狗馬上就知道了。（估狗＝ググる，俗語）

解答請見 292 頁

03 表示「多虧有你~」的「おかげで」和把錯歸因到別人身上的「せいで」

先生のおかげで、病気が治りました。
多虧醫生，病痊癒了。

助けてくれたおかげで、なんとか終わりました。
幸好你幫我，總算是結束了。

電車が遅延したせいで、遅刻しました。
因為電車延遲的關係害我遲到了。

★ 文法重點

「おかげで」、「せいで」兩個都是將已經發生的結果歸因於前面的事情，差別在於「おかげで」通常用於正面的事情，所以可以翻為「多虧」、「幸好」這類比較正向的詞彙，而「せいで」則都幾乎用於負面的事情，所以可以翻成「害我~」、「都是因為~」、「~的錯」等等。另外「おかげで」也可能用於反串、嘲諷的意思，當下講話的情境就可以判斷出來。「おかげさまで」則是一個慣用的傳達感謝的話，有時候甚至對方跟我們的事情沒有直接的關係，只是關心我們的時候也可以使用，相當於「托您的福」。

★ 文法接續

　　這兩個文法的接續都是把他們當名詞使用即可。所以前面可以放動詞普通形、「い形容詞」、「な形容詞＋な」、「名詞＋の」，只要基礎的接續建立好就沒有問題，沒有特別的例外。

① 動詞普通形／い形容詞＋おかげで／せいで

昨日(きのう)は雨(あめ)が降(ふ)らなかった**おかげで**、ピクニックが楽(たの)しかった。
昨天沒有下雨，所以野餐很愉快。

② な形容詞＋な＋おかげで／せいで

友達(ともだち)が親切(しんせつ)**なおかげで**、引(ひ)っ越(こ)しが楽(らく)だった。
因為朋友很親切，所以搬家很輕鬆。

③ 名詞＋の＋おかげで／せいで

先生(せんせい)**のおかげで**、試験(しけん)に合格(ごうかく)できた。
因為老師的幫助，考試合格了。

★ 會話

A：山田さん、どうして社員旅行に行かないんですか。

B：足を怪我しているせいで、行くのがちょっと大変なんですよ。

A：山田小姐你為什麼不去社員旅行呢？

B：都是因為我腳受傷的關係，去的話會很辛苦。

A：あれ？乃亜ちゃんニコニコしてるんだけど、何かいいことあったんですか。

B：ファンのおかげで、登録者数も増え、収入は今まで以上に高くなってます。

A：咦？乃亞醬你怎麼笑咪咪，是有什麼好事情嗎？

B：多虧我的粉絲，我的訂閱者增加，收入也比以往都高。

A：申し訳ありません。資料の入力、また間違えました。

B：全くもう！君のおかげで、また残業しなければならなくなったよ。

A：很不好意思，資料的內容我又輸入錯了。

B：真是的！因為你我又要加班了。

課後練習

請將以下的中文句子翻譯成日語。

1. 因為山田君，作業完成了。（作業＝宿題）
   _____

2. 多虧公司，我才有機會出差。（出差＝出張）
   _____

3. 因為上司的關係，我才變得不能去演唱會。（演唱會＝ライブ）
   _____

4. 因為搞丟手機的關係，才沒辦法聯絡。
   _____

5. 幸好有老師，問題解決了。
   _____

解答請見 292 頁

04 表示「因為～導致～」的「ものだから／もの」

ネットの情報が多すぎる**ものだから**、選択するのが難しいです。
因為網路上的資訊太多，選擇起來很困難。

すみません、これはちょっと食べられません。ピーマンは苦手な**もんですから**。
抱歉，這個我有點吃不下，因為我討厭青椒。

ずっと動画を見てた**ものだから**、大事なことができていないです。
因為我一直在看動畫，所以沒做好重要的事情。

★ 文法重點

「ものだから／もの」的前面表示原因理由，表示已經發生的事情，導致後面的結果。依照前後文，也可以省略結果，只有「ものだから／もの」的情況也可能出現。口語的時候「もの」的「の」會改成「ん」，口語的時候也沒有一定要放前句，可以放到後句，如上面的第二句例句。

★ 文法接續

「もの」雖然看起來是名詞，但前面可以接動詞普通形、「い形容詞」、「な形容詞＋な」、名詞，但要特別注意的是名詞之後要加上「な」，而不是「の」。

① **動詞普通形／い形容詞＋ものだから／もの**

道が混んでいた**ものだから**、遅刻してしまった。
因為道路很擁擠，所以遲到了。

② **な形容詞／名詞＋な＋ものだから／もの**

静かな場所**なものだから**、集中して勉強できる。
因為這裡很安靜，所以能專心學習。

★ 會話

A：田中さん、元気がないですね。どうしたんですか。
B：徹夜してゲームをしたもんで、今はめっちゃ眠いんです。

A：田中小姐看起來很沒精神，你怎麼了嗎？
B：因為我熬夜打電動，所以現在很睏。

A：佐藤さん、どうしてレポートはできていないんですか。
B：いや、ちょっとパソコンが不調なものだから…。

A：佐藤小姐，為什麼你報告沒有做好？
B：哎呀，因為我電腦狀況不太好…。

A：あれ？伊藤さん、私の焼肉弁当は？
B：ごめんなさい。あまりに美味しいものだから、つい全部食べちゃいました。

A：咦？伊藤小姐，我的燒肉便當在哪？
B：對不起，因為太好吃了，我不小心全部吃光了。

課後練習

請將以下的中文句子翻譯成日語。

1. 因為團隊合作很重要,我常常跟人溝通。(團隊合作＝チームワーク)
   _____

2. 因為發生事故,所以我遲到了。(事故＝人身事故)
   _____

3. 因為最近花太多錢,所以變得不能去吃飯。
   _____

4. 因為有過敏的關係,我不吃蝦子。(過敏＝アレルギー)
   _____

5. 因為加班太多,他倒下了。(加班＝残業)
   _____

解答請見 292 頁

05 表示「既然～就～」的「上は／以上／からには」

日本に来た**からには**、お寿司を食べなければいけない。
既然來日本了，就一定要吃壽司。

お金をもらっている**以上**、やるしかありません。
既然已經拿到錢了，只好做了。

この会社に入った**以上は**、会社のルールに従う必要があります。
既然進入這家公司，就有必要遵守公司的規則。

かくなる**上は**、私がなんとかするしかない。
事已至此，只能由我來解決。

★ 文法重點

用來描述既然前項的事情發生了，就有必要去做後項的事情，帶有一種義務感。可以用來表示講話的人主觀的決定、決心。

★ 文法接續

「上は」、「以上」、「からには」三個字意思相同，但接續方式有所以差異。

上は：通常只會接續動詞的辭書形和過去式「た形」。有「かくなる上は（事已至此）」這個常見的慣用語。「かく」是古語的「這樣」，「なる」是動詞「變成、變化」的意思。

◆ 以上：「以上」之後可以接續「は」，但有沒有都可以。

① 動詞普通形／い形容詞＋以上

約束した以上、守らなければならない。
既然約定了，就必須遵守。

② な形容詞＋である／な＋以上

真剣である以上、諦めるわけにはいかない。
既然是認真的，就不能輕易放棄。

③ 名詞＋である＋以上

教師である以上、生徒の手本でなければならない。
既然是老師，就必須成為學生的榜樣。

◆ からには：和「以上」基本相同，但是不會搭配「な形容詞＋な」使用。

① 動詞普通形／い形容詞＋からには

約束したからには、必ず守らなければならない。
既然已經承諾了，就必須遵守。

② 名詞／な形容詞／＋である＋からには

社長であるからには、会社の失敗に責任を持たなければならない。
既然是總裁，就必須對公司的失敗負責。

★ 會話

A：スピーチコンテストに出ると決意した上は、ちゃんと練習しなきゃ…。
B：真面目ですね。応援していますよ。

A：既然已經決定要參加演講比賽，那麼我不得不好好練習。
B：真是認真呢！我支持你喔！

A：山田さん、忙しそうに見えるんですけど、大丈夫ですか。
B：会社と約束した以上は、この仕事を終わらせないといけないんです。

A：山田小姐，你看起來很忙，還好嗎？
B：既然已經跟公司約定好了，這個工作一定要把它完成。

A：今度、北海道旅行に行きます。
B：北海道に行くからには、ぜひスキーも楽しんでほしいですね。

A：下次我要去北海道旅行。
B：既然要去北海道的話，也希望你可以去滑一下雪。

課後練習

請將以下的中文句子翻譯成日語。

1. 既然已經簽名了,就必須要遵守規則。(簽名＝サイン)
   _____

2. 既然已經決定要轉職了,就得好好準備。(轉職＝転職[てんしょく])
   _____

3. 既然都來台灣了,希望你也吃吃看臭豆腐。(臭豆腐＝臭豆腐[しゅうとうふ])
   _____

4. 既然要做這個料理,就打算把它做得好吃。
   _____

5. 既然這個商品沒辦法退貨,只好用了。(退貨＝返品[へんぴん])
   _____

解答請見 293 頁

第二章總複習

請從下列選項①～④中，選出最適合填入空白的答案。

1. 地震＿＿＿＿被害状況をお伝えいたします。

    ①によって　②により　③による　④にとって

2. このゲームがおもしろいと聞いたからこそ、＿＿＿＿。

    ①つまらないんです

    ②買わないんです

    ③やってみたいんです

    ④見た事がないんです

3. 先生の＿＿＿＿日本語が上手になりました。

    ①おかけで　②せいで　③問題で　④質問で

4. ＿＿＿＿、買っちゃいました。

    ①安いからこそ

    ②嫌いだからこそ

    ③買いたくないからこそ

    ④みんな買わないからこそ

5. 今回の試験は難しそうだからこそ、_____。

　①嫌です
　②受けたくないです
　③大嫌いです
　④挑戦してみたいです

6. 雨が降っているもんだから、_____。

　①出かけたいです
　②傘を持って出かけます
　③ご飯を食べます
　④勉強しにいきます

解答請見 293 頁

第3章 表示時間或場面

- **06** 折に／際に　〜的時候
- **07** うちに／最中に／ところを　正在〜的時候
- **08** において／における／においても　在〜時間／地點／場合

06 表示「～的時候」的「折に／際に」

お会いした**折に**、また喋りましょう。
見面時，再來聊天吧。

ヨーロッパに旅行に行った**際に**、昔のクラスメイトに会いました。
去歐洲旅行的時候，遇到了以前的同學。

質問があった**際に**、お声がけください。
有什麼疑問的時候，請告訴我一聲。

★ 文法重點

比較有禮貌版的「～時に」，要注意時態，比如說範例的第一句，見面之後，才有辦法聊天，所以見面需要是「過去式」，表示「見面之後聊天」，如果用現在式，則會變成「還沒見面的時候就聊天」。通常不太會用在負面的場合。

★ 文法接續

接續也跟「～時に」一樣，將「おり」和「さい」視為一個名詞來做接續即可。動詞辭書形、「動詞た形（過去式）」可以直接接續，而名詞之後需要加上「の」。

① 動詞辭書形／動詞た型＋折に／際に
行った際にお礼を言います。
去的時候會道謝。

② 名詞＋の＋折に／際に
出張の折にお伺いします。
在出差的時候，我會拜訪。

★ 會話

A：大田さん、台湾へ来た際は、教えてください。
B：ええ、その時はよろしく。

A：大田小姐，來到台灣的時候請跟我說一下。
B：好的，到時候請多指教。

A：今度のイベント、何かアイディアがありますか。
B：それについては、次回の食事会の折にご説明します。

A：下次的活動，有什麼想法嗎？
B：關於那件事，在下次聚餐的時候我會說明。

A：先生のお宅に伺う折に、ケーキを買ってきました。
B：いいですね。一緒に食べましょう。

A：在拜訪老師的家之前，我買了蛋糕。
B：太棒了！一起來吃吧。

課後練習

請將以下的中文句子翻譯成日語。

1. 去新加坡出差時，遇到國小時的朋友。（新加坡＝シンガポール）
   _____

2. 在您很忙的時候打擾您，真的很不好意思。（打擾＝邪魔）
   _____

3. 下次見面時，請告訴我美國留學的事情。
   _____

4. 去日本旅行的時候，吃了章魚燒。
   _____

5. 出門的時候，請關閉電燈。（電燈＝電気）
   _____

解答請見 293 頁

07 表示「正在～的時候」的「うちに／最中(さいちゅう)に」

食(た)べられる**うちに**食(た)べましょう。
能吃的時候吃吧。

授業(じゅぎょう)の**最中(さいちゅう)に**居眠(いねむ)りをしています。
在課堂上打瞌睡。

若(わか)い**うちに**勉強(べんきょう)しないと、将来(しょうらい)大変(たいへん)ですよ。
不趁年輕的時候學習的話，將來會很辛苦哦。

★ 文法重點

「～うちに」是指前半段的時間範圍內，後半段的狀態或動作會發生一些變化，至於這個後半段的狀態或動作，有可能是「意志」或「非意志」的動詞，「意志動詞」是指講話的人（話(はな)し手(て)），或者是講話的對象（聞(き)き手(て)）可以控制的動作，比如說「勉強(べんきょう)する（讀書）」、「食(た)べる（吃）」；「非意志動詞」如「雨(あめ)が降(ふ)る（下雨）」、「ストレスが溜(た)まる（累積壓力）」這種無法控制的動詞。若是「意志」的動詞，則有告誡對方在前面這段時間內趕緊做後面動作的語感。

「～最中(さいちゅう)に」則是強調前半段的狀態正在進行當中，發生了後面的事，正在進行的語感較強。

★ 文法接續

「～うちに」的接續同上一個「～際に」，將「うち」視為一個名詞，動詞辭書形、動詞否定形、「動詞ている型」、「い形容詞」，都可以直接接續，而「な形容詞」之後要有「な」，名詞之後則需要加上「の」。

① 動詞辭書形／動詞否定形／動詞ている型／い形容詞＋うちに

勉強している**うちに**、だんだん理解できるようになった。
在學習的過程中，漸漸變得能理解了。

② な形容詞＋な＋うちに

静か**なうちに**、仕事を片付けてしまおう。
在安靜的時候，趕快把工作做完吧。

③ 名詞＋の＋うちに

期限**のうちに**申請を済ませてください。
請在截止日期內完成申請。

◆「～最中に」則只有「動詞ている型」以及「名詞＋の」可以放在前面。

① 動詞ている型＋最中に

電車に乗っている**最中に**、急に電話がかかってきた。
在搭乘電車的過程中，突然接到電話。

② 名詞＋の＋最中に

試験**の最中に**、時計が壊れてしまった。
在考試的過程中，手錶壞了。

★ 會話

A：大塚さん、アメリカで留学しているうちに、英語を習得しましょう。

B：そうですね。

A：事件の詳細を教えていただけますか。

B：現在、捜査の最中ですので、お答え致しかねます。

A：今日の仕事も大変でしたね。

B：頑張って働いているうちに、あっという間に一日が終わっちゃいましたよ。

A：大塚小姐，趁著在美國留學期間，學會英語吧。

B：說得也是。

A：請告訴我事件的詳情。

B：目前正在調查當中，所以無法回答。

A：今天的工作也很累呢。

B：努力工作的時候，一天一下子就結束了。

課後練習

請將以下的中文句子翻譯成日語。

1. 在學生的時候請多體驗各種事情。
   _____

2. 出差的時候有地震。
   _____

3. 趁父母不在家，把房間打掃了。（不在家＝留守(るす)）
   _____

4. 她常常在吃飯的時候滑手機。（滑手機＝携帯(けいたい)をいじる）
   _____

5. 不知道什麼時候，腳瘀青了。（瘀青＝あざができる）
   _____

解答請見 293 頁

08 表示「在〜時間／地點／場合」的「において／における／においても」

事故現場**における**対応の速さは、命に関わります。
在事故現場的應對速度關係著人命。

現代**において**、インターネットの使用は普通になっています。
在現在，使用網路變得很普遍。

どんな場面**においても**、冷静に対応することが大切です。
不管怎樣的場面，都要冷靜地應對。

教育**における**テクノロジーの役割はますます重要になっている。
在教育中，科技扮演的角色變得越來越重要。

★ 文法重點

文書體（寫文章用）的文法，在講話的時候不太會用，常出現在較於正式的文章。用法相當於助詞「で」，表示動作進行的場所、時間帶、範圍等。

★ 文法接續

「～において／～における／～においても」的「に」是一個格助詞，前面皆放名詞。「～において／～においても」後面接續關於該名詞的句子。「～における」後面放名詞作為修飾名詞的句子。

◆ 名詞＋において／における／においても

この研究は医学の分野において重要な発見となるだろう。
這項研究在醫學領域中將成為重要的發現。

★ 會話

A：接客において一番大事なことは、おもてなしの心です。
B：それは、人間関係においても応用できますね。

A：接待客人最重要的是待客之道。
B：那也可以應用到人際關係上面呢。

A：ファックスを使っている人はまだいます？
B：現代においては少ないかもしれませんが、昔は結構多かったですよ。

A：還有人在用傳真機嗎？
B：現在的話可能很少，但以前還滿多的哦。

A：人生において、絶対にやり続けるべきことは何でしょうか。
B：勉強し続けることですね。

A：在人生當中，絕對要持續做的事情是什麼呢？
B：持續學習這件事。

課後練習

請將以下的中文句子翻譯成日語。

1. 在 AI 技術發展的現在,掌握工具變得很重要。(掌握＝マスター、工具＝ツール)
   _____

2. 在料理方面,我什麼都不會。
   _____

3. 在人生當中的成功,每個人的定義都不同。
   _____

4. 他不管在工作還是在生活都取得了平衡。(取得平衡＝バランスを取る)
   _____

5. 在服務業,態度比技術更重要。
   _____

解答請見 293 頁

065

第三章總複習

請從下列選項①～④中，選出最適合填入空白的答案。

1. 会社へ＿＿＿＿際に、朝食を買う予定です。

   ①行った　②来た　③行く　④帰った

2. まだ明るいうちに、早く＿＿＿＿。

   ①寝ましょう
   ②食べてください
   ③宿題を書きます
   ④帰りましょう

3. 人生＿＿＿＿選択は、時に大きな影響を与えることがある。

   ①において　②における　③に　④においても

4. ＿＿＿＿、殺人事件が起きました。

   ①このホテルにおいて
   ②熱いうちに
   ③料理においても
   ④今度伺う折に

解答請見 293 頁

第4章 表示比較

- **09** 〜に比(くら)べて／に比(くら)べると　與〜相比
- **10** ほど〜はない／くらい〜はない
　　沒有比〜更加
- **11** 〜に限(かぎ)る　最好的是〜

09 表示「與～相比」的「～に比べて／に比べると」

父と比べて、自分の方が背が高いです。
跟爸爸比起來，我比較高。

日本に比べて、台湾の交通事故率は遥かに高いです。
跟日本比起來，台灣的交通事故發生率高很多。

勉強と比べて、私は寝るのが好きです。
比起學習，我更喜歡睡覺。

今年は去年に比べて、雨の量が多い。
今年相比去年，降雨量更多。

★ 文法重點

「～に比べて／～に比べると」前面放比較的人、事、物，後面放主要想敘述的事情。「に」也可以換成「と」。

★ 文法接續

「に／と」是一個格助詞，前面會放名詞。

◆ 名詞＋に比べて／に比べると

この製品は前のモデルに比べて、性能が大幅に向上している。
這款產品相較於之前的型號，性能有了大幅提升。

★ 會話

A：石井さんは私に比べて、豊富な経験を持っているので、色んな人に対応できます。
B：本当にかっこいいですね。

A：石井小姐跟我比起來，擁有更豐富的經驗，所以可以應對各式各樣的人。
B：真的很帥氣呢！

A：毎日運動してる人は運動しない人に比べて、病気になりにくいそうですね。
B：そうですか。では、このあとジムに行きます。

A：聽說每天運動的人比不運動的人還要不會生病呢。
B：是這樣啊。那我之後去運動。

A：子供の時に比べると、疲れやすくなったと感じますね。
B：年が年だしね。

A：跟小時候比，感覺更容易疲憊呢。
B：已經老了呢。

課後練習

請將以下的中文句子翻譯成日語。

1. 山田先生跟我比起來，更有 AI 的知識。
   _____

2. 這間店跟那間店比起來，更好吃又便宜。
   _____

3. 這隻狗跟其他的狗比較來，是最乖的。（乖＝おとなしい）
   _____

4. 今年跟去年比，感覺更熱了。
   _____

5. 男生比起女生，視覺更有優勢。（視覺優勢＝視覚優位）
   _____

解答請見 293 頁

10 表示「沒有比～更加」的「ほど～はない／くらい（ぐらい）～はない」

うちの母**ほど**うるさい人**はいない**んです。
沒有比我家媽媽還吵的人了。

徹夜の仕事**ぐらい**辛いこと**はない**と思います。
我覺得沒有比熬夜工作還更辛苦的事情了。

彼女**ほど**努力している人**は**他に見たことが**ない**です。
我沒看過比她更努力的人。

★ 文法重點

用來表示主觀（自己覺得）的最高的程度，客觀的事實不可使用。意思為「沒有比這個更～了」，「ほど／くらい」都可以表示「程度」，後面會放否定的「ない」、「いない」、「他にない」這類的的詞彙。「くらい」跟「ぐらい」在意思上沒有差異，都可以使用。

★ 文法接續

這個文型的「ほど、くらい（ぐらい）」皆作為副助詞使用，前面只能接續名詞，但注意在動詞辭書形之後加上「こと」來轉換成名詞，就可以用來接續此文法。

① 名詞＋ほど／くらい（ぐらい）〜はない

この町ほど静かな場所はない。
這個小鎮沒有比這裡更安靜的地方了。

② 動詞辭書形＋こと＋ほど／くらい（ぐらい）〜はない

努力することほど大切なことはない。
沒有比努力更重要的事情了。

★ 會話

A：ファムさん、またコーラを飲んでますね。

B：コーラほど好きな飲み物は、他にないですから。

A：法姆先生，你又在喝可樂了。

B：因為我沒有比可樂更喜歡的飲料了。

A：アップルの製品くらい、いいものはないでしょう。

B：さすがアップルファンですね。

A：應該沒有像蘋果這麼好的產品了吧。

B：不愧是蘋果的粉絲。

A：あれ、なんで人参を食べないんですか。

B：ごめん、人参ほど嫌いな食べ物はないんです。

A：咦，怎麼不吃紅蘿蔔呢？

B：抱歉，因為我最討厭紅蘿蔔了。

課後練習

請將以下的中文句子翻譯成日語。

1. 沒有比接待客人更討厭的事情了。（接待客人＝接客(せっきゃく)）
   _____

2. 沒有比他更了解電腦的人了。
   _____

3. 沒有比寵物死掉更讓人難過的事情了。（難過＝つらい）
   _____

4. 沒有比日本更喜歡的國家了。
   _____

5. 沒有比日語還要更難的語言了。
   _____

解答請見 293 頁

11 表示「最好的是～」的「～に限る」

夏と言えばアイスクリーム**に限ります**。
說到夏天，最好的是冰淇淋。

冬はやっぱり鍋料理**に限ります**よね。
冬天最好的果然是火鍋料理呢。

信頼できるブランドだったら、ソニー**に限る**。
要說可以信賴的品牌，最好的是索尼。

風邪をひいた時は、ゆっくり休む**に限る**。
感冒時，最好的是好好休息。

★ 文法重點

表示主觀的覺得最好的人、事、物，不適用客觀的事實，常常搭配「**やっぱり（果然）**」一起使用。

★ 文法接續

可接續動詞辭書形或否定型，或是名詞，方法都一樣。

◆ 動詞辭書形／動詞否定形／名詞＋に限る

旅行するなら、直行便に限る。
如果要旅行，直達航班最好。

★ 會話

A：李さん、あまり外食しないですよね。

B：外食するより、やっぱり自炊して家で食べるに限る。

A：李小姐，你不太在外面吃飯呢。

B：比起外食，我更喜歡自己煮在家裡吃。

A：どうしてずっと水飲んでいるんですか。

B：体の健康を考えるのなら、やっぱり飲み物は水に限りますよ。

A：為什麼你一直喝水？

B：考慮身體健康的話，喝水是最好的喔。

A：今日暑いですね。

B：暑い時はやっぱり携帯扇風機に限りますね。

A：今天很熱呢。

B：熱的時候果然還是需要攜帶式吹風機呢。

課後練習

請將以下的中文句子翻譯成日語。

1. 啤酒的話果然還是台灣啤酒。
   _____

2. 台灣旅行果然還是要吃臭豆腐。
   _____

3. 大阪燒果然還是要在大阪吃。（大阪燒＝お好み焼き）
   _____

4. 有可疑的人果然還是要保持警戒。（保持警戒＝警戒心を持つ）
   _____

5. 手機果然還是蘋果好。
   _____

解答請見 294 頁

第四章總複習

請從下列選項①〜④中，選出最適合填入空白的答案。

1. 日本は台湾と比べて、＿＿＿＿。

    ①小さいです
    ②大きいです
    ③高いです
    ④低いです

2. この＿＿＿＿可愛い服はないです。

    ①服ほど
    ②靴と比べると
    ③店と比べて
    ④値段が高いから

3. 台湾に来たら美味しい料理を食べる＿＿＿＿

    ①に比べてください
    ②くらいはないです
    ③に限りますね
    ④だけですね

4. 先生＿＿＿、私は何も知りません。

①ほどいないので
②と比べると
③くらいすごい人
④に限って

5. 休みの時、＿＿＿。

①ゆっくり休むに限ります
②天気が良くないに限ります
③いつも忙しいに限ります
④人がいっぱいで混んでいるに限ります

解答請見294頁

第5章

表示讓步

- ⑫ としても／としたって　即使〜也〜
- ⑬ にしろ〜にしろ／にせよ〜にせよ／にしても〜にしても　無論〜都〜

12 表示「即使～也～」的「としても／としたって」

りゅうがく
留学したい**としても**、お金がないと無理です。
即使想留學，沒有錢就不行。

もくひょう か   こうどう   いみ
目標を書いた**としても**、行動しないと意味がないです。
即使把目標寫下來，不行動就沒有意義。

もと   わす   わす
元カノのことを忘れよう**としても**忘れられない。
即使想忘掉元女友，也忘不掉。

★ 文法重點

條件的文型，表示即使前段的事情成立，後面的事情也不～，所以後段通常都是「否定」。「ても」的口語型就是「たって」，所以兩個意思一樣。

★ 文法接續

動詞普通形、「い形容詞」可以直接接續，但是「な形容詞」、名詞要加上「だ」或是「である」之後才能接續「としても／としたって」。

① **動詞普通形／い形容詞＋としても／としたって**

雨が降るとしても、ピクニックに行くつもりです。
即使下雨，我也打算去野餐。

② **な形容詞／名詞＋だ／である＋としても／としたって**

教師であるとしても、すべての問題に答えられるわけではない。
即使是老師，也不是所有問題都能回答。

★ 會話

A：シャンティさん、元気なさそうですね。

B：最近は頑張ろうとしても、やる気が出ないです。

A：香緹小姐，看起來沒什麼精神呢。

B：最近就算想努力也提不起勁。

A：カンニングするなんて、許されない事ですね。

B：そうですね。先生が優しいとしたって、許してくれないはずです。

A：作弊是絕對不能被原諒的吧。

B：是啊。就算老師人很好，應該也不會容忍的。

A：ニュースで報道されるものは、本当ですかね。

B：真実だとしても、一部の見方にすぎないので、全部信じない方がいいと思う。

A：新聞報導的東西，都是真的嗎？

B：就算都是真的，只不過是一部分的看法，最好不要全盤相信。

課後練習

請將以下的中文句子翻譯成日語。

1. 小時候是想回也回不去的。（小時候＝子供の頃）
   _____

2. 就算這次不合格，也還有下次。
   _____

3. 就算是開玩笑，也不可以說這種話。
   _____

4. 就算犯錯了，只要好好道歉就會被原諒的。（犯錯＝ミスをする）
   _____

5. 就算沒有錢，也想要過得開心。
   _____

解答請見 294 頁

13. 表示「無論～都～」的「にしろ～にしろ／にせよ～にせよ／にしても～にしても」

犬**にしろ**、猫**にしろ**、大事にしないといけないです
無論是狗還是貓，都必須好好對待。

勉強**にせよ**、仕事**にせよ**、どちらでも真面目にやった方がいいです。
不管是讀書還是工作，都好好做比較好。

行く**にしても**、行かない**にしても**、どっちでも大丈夫です。
無論去或者是不去，都沒關係。

旅行**にしろ**、勉強**にしろ**、新しい経験をすることが大切だ。
無論是旅行還是學習，獲得新經驗才是最重要的。

★ 文法重點

舉兩個同類，或者是相反的例子，來說明不管如何，都不會影響到後面描述的事情。「にしろ～にしろ／にせよ～にせよ」的講法比較正式（口語少講）。

★ 文法接續

動詞、「い形容詞」、「な形容詞」、名詞，所有的普通形皆可以放在「にもかかわらず」前面。「な形容詞」和名詞可以在「にしろ／にせよ／にしても」之前加上「である」，文法上有沒有都正確。

◆ **動詞普通形／い形容詞／な形容詞／名詞＋にしろ／にせよ／にしても**

高いにしろ安いにしろ、価格が問題ではなく品質が大事だ。
不管是貴還是便宜，價格不是問題，品質才是重要的。

★ 會話

A：西垣さん、何料理が好きですか。

B：日本料理にしても、中華料理にしても、結構好き。

A：西垣先生，你喜歡什麼料理？

B：不管是日本料理，還是中華料理都喜歡。

A：飲み会に参加するにしろ、しないにしろ、1日までに教えてください。

B：かしこまりました。考えときます。

A：無論是要參加或不參加喝酒聚會，都請在一號前跟我說。

B：我知道了，我再想看看。

A：もう留学に行かないって本当ですか。

B：はい。行くにせよ、行かないにせよ、私も全力で勉強しますから。

A：據說你不留學了，真的嗎？

B：是的，不管去不去，我都會全力學習的。

課後練習

請將以下的中文句子翻譯成日語。

1. 不管是成功，還是失敗，我覺得都是很好的經驗。

2. 無論是晴天還是下雨，我都要出門。

3. 不管是壽司還是拉麵，我都很喜歡。

4. 無論是英文，還是日語，我都想學好。（學好＝マスターする）

5. 不管是工作，還是生活，都想要取得平衡。（取得平衡＝バランスをとる）

解答請見 294 頁

第五章總複習

請從下列選項①~④中，選出最適合填入空白的答案。

1. 留学したいとしても、_____。

    ①来年行きます
    ②お金がなくて行けません
    ③日本に行くつもりです
    ④行く予定です

2. _____、なかなか作れないです。

    ①仕事をしようとしたって
    ②水を飲もうとしたって
    ③手紙を送ろうとしたって
    ④友達を作ろうとしたって

3. ドイツにしろ、イギリスにしろ、_____。

    ①アジアの国です
    ②貧困な国です
    ③行きたいです
    ④国ではないです

解答請見 294 頁

第6章
表示逆接

- **14** くせして／くせに　明明～卻
- **15** つつ／つつも　雖然～卻
- **16** にもかかわらず　儘管～但是
- **17** かと思いきや／かと思ったら／かと思えば
　　 原以為～但是～

14 表示「明明～卻」的「くせして／くせに」

お金がない**くせに**、なんで高いものを買うの。
明明沒有錢，為什麼要買貴的東西？

来るって言った**くせに**、来なかったじゃないですか。
明明說要來，卻完全沒來不是嗎？

契約をした**くせに**、ルールが全然守れてないな。
明明簽訂了契約，卻完全不守規則。

★ 文法重點

強烈的表達不滿、抱怨的情緒，後段的語調也會較為強烈。「～くせに」的後半段可省略。前後段的主語（做動作的人）必須相同，若是後項有肯定的詞彙，則帶有諷刺的意思。「くせして」則是在非正式場合使用。

★ 文法接續

動詞普通形、「い形容詞」可以直接接續。「な形容詞」之後要是「な」，名詞之後則要加上「の」再接續。

① **動詞普通形／い形容詞＋くせして／くせに**

彼は健康に気を使う**くせして**、よく夜更かしをする。
他明明很注意健康，卻常熬夜。

② **な形容詞な＋くせして／くせに**

彼は普段優雅**なくせして**、時々非常に無神経なことを言う。
他平時明明很優雅，卻有時說出非常無禮的話。

③ **名詞＋の＋くせして／くせに**

彼は新入社員**のくせに**、仕事を全然手伝わない。
他明明是新進的員工，卻完全不幫忙工作。

★ 會話

A：田中さん、浮気してたんですか。
B：何言ってんだよ、何も知らないくせに。

A：田中小姐，你外遇了嗎？
B：你在說什麼，明明什麼都不知道。

A：この辺もちょっと直してね。
B：一番下っぱのくせに、何偉そうにしてるんだ。

A：這邊也都修改一下唷。
B：明明是最低地位的，口氣在大什麼。

A：このお菓子、まずそうですね。
B：いや、山田さんは食べたことないくせに、そんなこと言わないでください。

A：這個點心看起來很難吃。
B：不不，山田先生你明明沒吃過，不要講那種話。

課後練習

請將以下的中文句子翻譯成日語。

1. 她明明沒出國過,卻自稱對外國懂得很詳細。(自稱=自称する)
   _____

2. 明明約好去吃飯了,卻臨時取消。(臨時取消=ドタキャン)
   _____

3. 明明是個律師,法律卻什麼都不知道。
   _____

4. 明明有手機,為什麼不自己查?
   _____

5. 明明是放假,為什麼還在工作?
   _____

解答請見 294 頁

15 表示「雖然～卻」的「つつ/つつも」

違法だと知り**つつ**、人身売買は行われています。
即使知道是犯法的，還是有人在做人口販賣。

この子は若く見え**つつ**、すごいこと言ってます。
這孩子看起來很年輕，講著很厲害的話。

伝えたい気持ちがあると思い**つつ**、恥ずかしくて伝えられないです。
雖然有想傳達的心意，但因為害羞沒辦法傳達。

彼女は歩き**つつ**、口笛を吹いている。
她一邊走路，一邊吹口哨。

★ 文法重點

用來表達「雖然～但是」的另一個較為正式的句型。也可以用「～つつも」這個講法。

★ 文法接續

前段直接接續「動詞ます形去掉ます」。

◆ 動詞ます形去掉ます＋つつ／つつも

今の仕事を続け**つつも**、他の選択肢を考えている。
雖然繼續做現在的工作，但也在考慮其他選擇。

★ 會話

A：与座さん、本が多いですね。
B：積み本ばっかりですよ。ずっと読みたいと思いつつも、いまだに読んでない。

A：與座先生你的書真多呢。
B：都是還沒看的書。雖然我一直想看，但到現在還沒看。

A：初めて野球の試合に出て、どうでしたか。
B：緊張しつつ、楽しめました。

A：第一次參加棒球比賽，感覺如何？
B：雖然很緊張但是也很享受。

A：日本留学どうでしたか。
B：日本が安全な国だと思いつつも、色んな不安も抱いていました。

A：日本留學怎麼樣啊？
B：雖然覺得日本是安全的國家，但還是有各種擔憂。

課後練習

請將以下的中文句子翻譯成日語。

1. 雖然知道對身體不好，但還是想喝酒。（對身體不好＝体に良くない）
   _____

2. 雖然覺得不寫報告不行，但還是想看連續劇。
   _____

3. 雖然不用功日語不行，但還是想偷懶。
   _____

4. 雖然知道不工作沒有薪水，還是偷懶了。
   _____

5. 雖然已經放棄一半了，但還是看了一點書。（放棄一半＝半分諦める）
   _____

解答請見 294 頁

16 表示「儘管～但是」的「にもかかわらず」

山田さんはアメリカに10年以上住んでいる**にもかかわらず**、英語は全然喋れないです。

儘管山田先生在美國住了10年以上，但還是完全不會說英語。

勤務時間**にも関わらず**、彼女は寝ています。

儘管是上班時間，她還是在睡覺。

雨**にもかかわらず**、花見をしている人で賑わっています。

儘管下雨，還是不減賞花的人潮。

★ 文法重點

用來講自己對後段已經發生的事情的不滿、驚訝、責備的語氣。「にもかかわらず」本身可以單獨當接續詞使用，放在兩個句子中間。

★ 文法接續

動詞、「い形容詞」、「な形容詞」、名詞，所有的普通形皆可以放在「にもかかわらず」前面。「な形容詞」和名詞可以在「にもかかわらず」之前加上「である」，文法上有沒有都正確。

① 動詞普通形／い形容詞＋にもかかわらず

　　彼は病気にもかかわらず、仕事に行った。
　　他儘管生病了，還是去上班了。

② な形容詞／名詞（＋である）＋にもかかわらず

　　このレストランは高級であるにもかかわらず、サービスが悪い。
　　儘管這家餐廳很高級，但服務卻很差。

★ 會話

A：池松さん、この芸能人どう思いますか。

B：俳優出身にもかかわらず、演技があまり上手ではないと思います。

A：池松小姐，這個藝人你怎麼看？

B：儘管是演員出身，但是演技不怎麼好。

A：先週のスピーチコンテスト、どうでしたか。

B：時間をかけて準備したにもかかわらず、緊張しすぎてミスしました。

A：上週的演講比賽怎麼樣啊？

B：雖然花了時間準備，但是太緊張就失誤了。

A：池田さんは怪我をしたにもかかわらず、毎日歩いて会社へ来ています。

B：すごい人ですね。

A：儘管池田小姐受傷了，還是每天走路來公司上班。

B：真是厲害的人。

課後練習

請將以下的中文句子翻譯成日語。

1. 儘管颱風正在靠近，他還是去了海邊玩。
   _____

2. 儘管他是男生，還是進去了女湯。
   _____

3. 儘管他已經80歲了，還是每天都工作。
   _____

4. 儘管下雪，祭典還是照樣進行。（照樣＝通常通り<ruby>通常通り<rt>つうじょうどお</rt></ruby>）
   _____

5. 儘管他是個日本人，卻很喜歡臭豆腐。
   _____

解答請見 294 頁

17 表示「原以為～但是～」的「かと思いきや／かと思ったら／かと思えば」

雨が降るかと思いきや、また晴れになりました。
我以為要下雨了，沒想到又放晴了。

彼は絶対負けるかと思ったら、まさかの逆転勝利でした。
原本想說他絕對會輸，沒想到竟然逆轉勝了。

この本は漫画かと思えば、実は教科書でした。
原本以為這是本漫畫書，其實是教科書。

もうすぐ完成するかと思ったら、問題が発生してしまった。
我以為很快就能完成，結果卻發生了問題。

★ 文法重點

用來描述自己意料之外、驚訝的事情，也可以當接續詞單獨使用。有時候「か」也會被省略。

★ 文法接續

所有普通形的句子，動詞、「い形容詞」、「な形容詞」、名詞皆可以使用，且不需要特別加上其他的字。

◆ 動詞普通形／い形容詞／な形容詞／名詞＋かと思いきや／かと思ったら／かと思えば

試験は簡単かと思いきや、実際はとても難しかった。
我以為考試很簡單，結果實際上非常難。

★ 會話

A：種村さん、その変な生き物は何ですか。

B：犬かと思いきや、たぬきだった。

A：種村先生，那個奇怪的生物是什麼？

B：還以為是狗，結果是狸貓。

A：新しい先生はどうですか。

B：厳しい顔してるから終わったかと思ったら、めっちゃ優しい人でした。

A：新老師怎麼樣啊？

B：因為有一張嚴肅的臉我以為完蛋了，結果人超好。

A：日本の物価は高いですよね。

B：高いかと思いきや、円安のおかげで、今はなにもかも安いです。

A：日本的物價很貴對吧。

B：我以為很貴，但因為現在日幣貶值全部都很便宜。

課後練習

請將以下的中文句子翻譯成日語。

1. 看他服裝我以為是女生，結果是男生。（服裝＝格好(かっこう)）
   _____

2. 我以為他是好人，竟然是詐騙。（詐騙＝詐欺(さぎ)）
   _____

3. 以為日本人都很有禮貌，竟然也有這種人啊。
   _____

4. 以為不會說日語，結果說得超流利。（流利＝ペラペラ）
   _____

5. 以為朋友喜歡吃香蕉，其實不怎麼喜歡。（其實＝実(じつ)は）
   _____

解答請見 295 頁

第六章總複習

請從下列選項①～④中，選出最適合填入空白的答案。

1. 彼は知っているくせに、＿＿＿＿。

    ①ご飯を食べに行きました
    ②仕事をしています
    ③結婚しないと思います
    ④知らんぷりをしています

2. 好きだと思いつつ、＿＿＿＿。

    ①なかなか告白できないです
    ②今度告白します
    ③好きだと言います
    ④準備してから告白します

3. 苦手な人にもかかわらず、＿＿＿＿。

    ①好きです
    ②お客様だから付き合うしかないです
    ③やっぱり無理です
    ④会わないようにします

解答請見 295 頁

第 7 章
表示條件

- **18** としたら／とすれば／とすると　如果～會
- **19** となると／となれば／となったら　要是～會
- **20** ないことには　要是沒～就不能～
- **21** ないかぎり　除非
- **22** さえ～ば　只要～就

18 表示「如果〜會」的「としたら／とすれば／とすると」

もし１億円があった**としたら**、何に使いますか。
如果有1億日圓的話你會用來做什麼？

JRで行く**とすれば**、どのくらいかかりますか。
如果搭JR去的話要花多久呢？

北海道を旅行する**としたら**、いつがいいですか。
如果去北海道旅行的話，什麼時候比較好？

もし明日雨が降る**としたら**、ピクニックは中止しなければならない。
如果明天下雨的話，我們就必須取消野餐。

★ 文法重點

　　大多用在假定的情況，假設前段的事情發生的話，會有後面的判斷、推測、疑問等等。

★ 文法接續

動詞、「い形容詞」、「な形容詞」、名詞，四種的普通形皆可以直接接續，且不需要另外加字。

◆ 動詞普通形／い形容詞／な形容詞／名詞＋としたら／とすれば／とすると

予算が足りないとすると、プロジェクトを縮小する必要がある。
如果預算不夠，那麼就需要縮小項目規模。

★ 會話

A：印南さん、タケコプターがあったとしたら、どこへ行きたいですか。
B：琵琶湖を飛び越えて見てみたい。

A：印南小姐，如果有竹蜻蜓，你會想去哪裡呢？
B：我想飛過琵琶湖看看。

A：篠原さんはもし、海外へ移住するとすれば、どこがいいですか。
B：私はK-POPが好きだから、韓国がいいですね。

A：篠原小姐，如果要移居國外，哪裡比較好呢？
B：我喜歡K-POP所以覺得韓國好。

A：平田さんは携帯を買うとすると、どんな携帯を買いたいですか。
B：そりゃiPhoneに決まってますよ。

A：平田小姐如果買手機的話，想買怎樣的手機呢？
B：那當然是iPhone囉。

課後練習

請將以下的中文句子翻譯成日語。

1. 如果要吃台灣料理的話，你想吃什麼？
   _____

2. 如果那件事是真的的話，她應該會辭職。
   _____

3. 如果你要去的話，要搭什麼去呢？
   _____

4. 如果你要去美國的話，想去哪一州？（州＝州〔しゅう〕）
   _____

5. 如果要學日語，看什麼比較好呢？
   _____

解答請見 295 頁

19 表示「要是～會」的「となると／となれば／となったら」

地震があった**となると**、大きな被害もあるでしょう。
如果有地震的話，也會有很大的災害吧。

来年の給料が増える**となれば**、もっと貯金したいと思います。
如果明年的薪水增加的話，想要存更多錢。

これ以上円安**となったら**、きっと日本国民の生活に影響が出るでしょう。
如果日幣繼續貶值的話，一定會影響到日本國民的生活吧。

彼がリーダー**となれば**、チームはもっと強くなるだろう。
如果他成為領袖的話，隊伍應該會變得更強。

★ 文法重點

用來講自己的意見、評價的句型，前段的內容可以是假設、也可以是已經發生過的事情，後段是自己的意見跟想法。上一課的「としたら／とすれば／とすると」則是較常使用在假設的狀況。

★ 文法接續

　　跟上一課「としたら／とすれば／とすると」一樣，動詞、「い形容詞」、「な形容詞」、名詞四種的普通形皆可以直接接續，不需要加其他的字。

◆ 動詞普通形／い形容詞／な形容詞／名詞＋となると／となれば／となったら

出発が遅くなる**となると**、到着時間も遅れるだろう。
如果出發時間晚了，抵達時間也會晚。

★ 會話

A：申し訳ありませんが、エスカレーターは現在点検中です。階段をご利用いただけますか。

B：嫌ですね。この時間に点検中となると、こちらも困ってしまいますよ。

A：不好意思，現在電扶梯正在例行維護，請使用樓梯。

B：真討厭，在這個時間維護的話我這邊也很累。

A：賃金が上がるとすれば、何に使いますか。

B：美味しい料理を食べたいですよね。

A：薪水漲的話你想用在什麼地方？

B：我想吃好吃的料理。

A：大きい会社とすると、面接も難しくなりますよね。

B：確かにそうだけど、小さな会社もそんな簡単じゃないですよ。

A：如果是大公司，面試也會變得更難吧。

B：的確是這樣，不過小公司也沒那麼簡單喔。

課後練習

請將以下的中文句子翻譯成日語。

1. 要是明天會下雨，就要帶傘去。
   _____

2. 如果那是真的，那是令人驚訝的事。
   _____

3. 要是他來的話，會議會提前開始。
   _____

4. 如果問題發生了，會立刻處理。
   _____

5. 若喜歡她，就應該要告白。
   _____

解答請見 295 頁

20 表示「要是沒～就不能～」的「ないことには」

親と相談してみ**ないことには**、決められません。
沒有跟家長商量看看的話，沒辦法決定。

社長が来**ないことには**、会議を始められません。
社長沒有來的話，會議就沒辦法開始。

食材が準備できてい**ないことには**、お店をオープンすることができません。
食材沒準備好的話，就沒辦法開店。

★ 文法重點

用來講前段沒有成立的話，後段也沒辦法成立，所以後段常用否定，或者前段沒有成立的話，會造成一些不好的結果。是一種條件的句型。

★ 文法接續

可直接接續動詞否定型、「い形容詞」否定型。名詞和「な形容詞」要加上「で」之後才能接續「ないことには」，需要注意。

① 動詞否定型／い形容詞＋ないことには

この問題は解決でき**ないことには**、次のステップに進むことができない。
如果不解決這個問題，就無法進入下一步。

② な形容詞／名詞＋で＋ないことには

情報が十分で**ないことには**、適切な判断はできない。
如果資訊不足夠，就無法做出適當的判斷。

★會話

A：宇田さん、最近肩凝り大丈夫ですか。

B：まだきついですね。やはりちゃんと休まないことには治りませんからね。

A：宇田小姐，最近肩頸酸痛還好嗎？

B：還很酸痛，如果沒有好好休息的話不會好呢。

A：英語がある程度できないことには、海外旅行は大変ですよね。

B：思う存分楽しめないですよね。

A：如果英文沒有辦法講到一定程度，去國外旅行會很辛苦的吧。

B：沒有辦法盡情享受的吧。

A：お酒が飲めないことには、みんなと仲良くなれないでしょうか。

B：そんなことないですよ。飲めなくても友達ができますよ。

A：如果不能喝酒的話，是不是就不能跟大家變朋友了？

B：沒有那回事，不能喝也可以交朋友的。

課後練習

請將以下的中文句子翻譯成日語。

1. 如果不去日本的話,日語就學不好嗎?
   _____

2. 如果沒有錢的話,很多事情都沒辦法做。
   _____

3. 如果沒有電腦的話,就沒辦法寫報告。
   _____

4. 如果沒有好好睡覺的話,身體會出毛病吧。(身體出毛病＝体調を崩す)
   _____

5. 沒有看新聞的話,不知道的話也是當然的吧。
   _____

解答請見 295 頁

21 表示「除非～／只要～」的「かぎり」

私は生きているかぎり、世界に貢献したいです。
只要我活著，就想要對世界有所貢獻。

健康であるかぎり、色々なところに旅行ができます。
只有在健康的狀態下才能去各種地方旅行。

家にいる限り、リラックスできる人もいますね。
也有人只要在家就能夠放鬆呢。

★ 文法重點

表示只有／只要／除非在前段的狀態下，就會有後面的結果。

★ 文法接續

接續的動詞因為在表示狀態，可以用動詞辭書形和現在進行式「ている形」。「な形容詞」要加上「な」或「である」來接續「限り」。名詞要加上「の」或「である」，「い形容詞」則不需要加任何字。「限り」的後面可加可不加「は」。

① **動詞辭書形／動詞ている形／い形容詞＋かぎり**

彼がここにいる**かぎり**、安心しても大丈夫だ。
只要他在這裡，就可以放心。

② **な形容詞＋な／である＋かぎり**

その提案が合理的**であるかぎり**、受け入れるつもりだ。
只要那個提案是合理的，我打算接受。

③ **名詞＋の／である＋かぎり**

この地域の住民**であるかぎり**、支援を受けられる。
只要是這個地區的居民，就能獲得支援。

★ 會話

A：永瀬さん、いつも頑張っていますね。

A：永瀨小姐，你一直都很努力呢。

B：ありがとうございます。ここで働いている限り、全力を尽くしたいです。

B：謝謝，只要在這邊工作，我就會盡全力做。

A：政府が無能な限り、私たちはどうにもならないのでしょうか。

A：只要政府很無能，我們就什麼辦法都沒有了嗎？

B：いや、選挙で政府を変えましょう。

B：不，用選舉制度把政府換了吧。

A：将来何をするか迷っています。

A：將來該做什麼真的感到很迷惘。

B：学生である限り、色んなことを体験し、たくさん勉強したら、わかるかもしれません。

B：在還是學生的時候，多體驗各種事情，多學習東西，說不定可以知道。

課後練習

請將以下的中文句子翻譯成日語。

1. 只要有網路，就可以知道全世界的事情。
   _____

2. 只要在台灣，就可以每天在夜市吃飯。
   _____

3. 只要在機車少的日本，就不會被機車擋路。（擋路＝邪魔）
   _____

4. 只要是人類，都應該要有基本的尊重。（人類＝人間）
   _____

5. 只要沒有特別的理由，就不能隨便請假。（隨便＝適当）
   _____

解答請見 295 頁

22 表示「只要～就」的「さえ～ば」

暇<ruby>ひま</ruby>**さえ**あれ**ば**、ゲームをしています。
只要有空，就會打遊戲。

健康食品<ruby>けんこうしょくひん</ruby>を食<ruby>た</ruby>べ**さえ**すれ**ば**、健康<ruby>けんこう</ruby>になれるわけではないです。
不是只要吃保健食品就會變得健康。

昔<ruby>むかし</ruby>、ちゃんと彼女<ruby>かのじょ</ruby>と話<ruby>はな</ruby>し合<ruby>あ</ruby>って**さえ**いれ**ば**、別<ruby>わか</ruby>れることはなかったでしょう。
以前只要跟女朋友好好溝通，也就不會分手了吧。

★ 文法重點

只要前段的部分實現，後段的部分也沒問題，其他的事情也沒問題。有這樣的語感，反之，也有如果前段的條件沒有達成，那什麼事情也做不了的感覺。

★ 文法接續

「さえ」之前可以放「動詞ます形去掉ます」、「い形容詞」、「な形容詞」、「名詞＋さえあれば」，來表示只要「有」滿足前面的條件。如果「さえ」的後面不是「あれば」，是其他動詞假定形的話，有可能是表達「只要這麼做」或者是「只要是這樣的狀態」。

① **動詞ます形去掉ます／い形容詞／な形容詞＋さえ＋動詞假定形＋ば**

安全さえ確保されれば、他の問題は後で対処できます。
只要確保安全，其他問題可以稍後再處理。

② **名詞＋さえ＋動詞假定形＋ば**

お金さえあれば、旅行に行くことができる。
只要有錢，就可以去旅行。

★ 會話

A：平野さん、連休は何か予定がありますか。
B：お金さえあれば、ヨーロッパ旅行へ行きたいですね。

A：平野小姐，連休有什麼計畫嗎？
B：有錢的話會想要去歐洲旅行呢。

A：勉強さえすれば、すごい人になれるんですか。
B：いや、行動しないと、何も変わらないと思います。

A：只要讀書的話，就會變成很厲害的人嗎？
B：不，我認為如果不行動的話，什麼都不會改變的。

A：この公式ウェブサイトにはどうやって登録すればいいですか。
B：簡単ですよ。メールアドレスさえあれば、誰でも登録できますから。

A：這個官方網站要怎麼註冊？
B：很簡單唷，只要有信箱地址，誰都可以註冊。

課後練習

請將以下的中文句子翻譯成日語。

1. 只要解開這個問題,我就可以合格。(解開問題＝問題を解ける)
   _____

2. 只要抓到訣竅,誰都可以做到。(抓到訣竅＝コツを掴む)
   _____

3. 只要薪水高,我什麼工作都願意做。
   _____

4. 只要沒有你,我就能成為第一名。
   _____

5. 只要有很強的動機,誰都可以把日語學好。(動機＝モチベ)
   _____

解答請見 295 頁

第七章總複習

請從下列選項①～④中，選出最適合填入空白的答案。

1. もし宝くじが当たった＿＿＿、どうしますか。

    ①としたら
    ②とすれば
    ③とすると
    ④以上皆可

2. もし金の心配がなくなるとしたら、＿＿＿。

    ①忙しくなります
    ②毎日ダラダラします
    ③将来はやばいと思います
    ④気分が悪くなります

3. きちんと日本語を勉強しない＿＿＿、N1 で高得点を取ることができません。

    ①まま
    ②の方が
    ③でも
    ④ことには

4. 学生である限り、＿＿＿＿。

　①お金持ちになりたいです
　②勉強することは当然です
　③将来いい会社で働きたいです
　④全力で頑張ります

5. 告白さえすれば、＿＿＿＿＿。

　①絶対結婚します
　②失敗しました
　③しない方がいいです
　④必ず成功できるわけではない

解答請見 295 頁

第8章

表示傾向

- **23** がち　常常會～
- **24** っぽい　感覺好像～
- **25** 気味（きみ）　有點～

23 表示「常常會～」的「がち」

年をとると、病気になり**がち**です。
上了年紀，就很容易生病。

雨の日は鬱になり**がち**です。
雨天容易變憂鬱。

野菜を食べないと、便秘**がち**になるよ。
不吃蔬菜的話很容易便秘唷。

忙しいと食事を抜き**がち**です。
忙碌的時候總是容易忽略吃飯。

★ 文法重點

用在表現「壞的、不好的」傾向。表示過去發生過好幾次，之後也很容易再度發生的不好的事情。

★ 文法接續

　　算是一個沒有太多變化的文型，前面只能接「動詞**ます**形去掉ます」、名詞，其他詞基本上不能放。另外，詞語接續「**がち**」之後，會變化成「**な**形容詞」。

◆ 動詞ます形去掉ます／名詞＋がち

最近、彼は遅刻し**がち**なので、注意が必要です。
最近他經常遲到，所以需要注意。

★ 會話

A：高さん、まだ学生時代の友達と連絡してますか。

B：してるはしてるですけど、ほとんど疎遠になりがちですね。

A：高小姐，你還有在跟學生時代的朋友連路嗎？

B：有是有，但很多都疏遠了。

A：一人暮らしになってから、食事が適当になっちゃった。

B：あら、それはいけないですね。便秘がちになりますよ。

A：變成一個人住之後，都亂吃飯呢。

B：哎呀，那樣不好。很容易便秘。

A：川野さん、力持ちですね。

B：背が低いからか、弱そうに見られがちですが、実は結構鍛えています。

A：川野小姐，很有力氣呢。

B：因為身高較矮，常被認為是弱不禁風的樣子，但其實我有好好鍛鍊。

課後練習

請將以下的中文句子翻譯成日語。

1. 今天也是容易多雲的天氣。（多雲＝曇り）
   _____

2. 大家容易喜歡對自己好的人。（對自己好＝優しくしてくれる）
   _____

3. 最近容易忘記打掃家裡。
   _____

4. 常常外食，容易吃不夠充足的蔬菜。（充足＝十分な）
   _____

5. 最近山田常常休假，是生病了嗎？
   _____

解答請見 295 頁

24 表示「感覺好像～」的「っぽい」

この洋服は高いけど、安っぽく見えます。
這衣服很貴，但看起來很便宜。

あのハートっぽいものを持っている方はどなたですか。
那個拿著看起來像是心型的人是誰？

この7歳の子供は話し方が大人っぽい。
這個7歲的孩子講話很成熟。

彼女は勉強が得意っぽいけど、意外とスポーツもできる。
她看起來很擅長學習，但其實也很擅長運動。

★ 文法重點

　　用來講看上去整體是～，感覺上是～，所以實際上可能不完全是這樣，只有部分是，但是讓人感覺是如此（主觀感受）的時候可以用這個文型。

★ 文法接續

　　前面可接名詞、「動詞ます形去掉ます」、「い形容詞去掉い」、以及所有的動詞普通形。接續上「っぽい」之後，該詞會屬於「い形容詞」。

◆ 名詞／動詞ます形去掉ます／い形容詞去掉い／動詞普通形＋っぽい

　　彼の話し方は子供っぽい。
　　他的說話方式很像小孩。

★ 會話

A：あの人はもう50歳だって！
B：へえーでも子供っぽい顔してますね。

A：據說那個人已經五十歲了！
B：咦，但是有一張孩子氣的臉呢。

A：今日のご飯ちょっと水っぽいですけど。
B：ごめん、水入れすぎました。

A：今天的飯有一點水水的。
B：抱歉，我水放太多了。

A：平田さんはまた新しい趣味を始めたそうです。
B：飽きっぽい性格なので、長く続かないでしょう。

A：聽說平田小姐又開始了新的興趣。
B：她是很容易厭倦的性格，應該不會持續很久。

課後練習

請將以下的中文句子翻譯成日語。

1. 他是一個容易生氣的人。（生氣＝怒ります）
   _____

2. 從她的態度來看，好像是說謊。
   _____

3. 我好像發燒了，所以等一下要去醫院。
   _____

4. 中華料理通常都油油的。（通常＝よくあります）
   _____

5. 爸爸因為上了年紀常常忘東忘西。
   _____

解答請見 296 頁

25 表示「有點～」的「気味(ぎみ)」

太(ふと)り**気味(ぎみ)**なので、これから運動(うんどう)します。
因為感覺要胖了,接下來要運動。

尾崎(おざき)さんは遅(おく)れ**気味(ぎみ)**ですから、先(さき)に行(い)きましょう。
尾崎小姐有點遲到,我們先走吧。

大石(おおいし)さん、今回(こんかい)の発表(はっぴょう)はちょっと緊張(きんちょう)**気味(ぎみ)**でしたね。
大石先生,這次的報告有點緊張的感覺呢。

最近(さいきん)、寝不足(ねぶそく)**気味(ぎみ)**で頭(あたま)が痛(いた)い。
最近睡眠不足,頭有點痛。

★ 文法重點

用來講「跟平常不同,有一點～的感覺」的句型,通常用在負面的情況。

★ 文法接續

跟「～がち」一樣前面只能放名詞，或是「動詞ます形去掉ます」，這兩種型態。和「～がち」的差別在於「～気味(ぎみ)」是用在已經發生、負面的事情。

◆ 名詞／動詞ます形去掉ます＋気味(きみ)

最近(さいきん)、疲(つか)れ気味(ぎみ)なので、早(はや)く寝(ね)たいです。
最近感覺有點疲倦，所以想早點睡。

★ 會話

A：あの人気(にんき)ユーチューバーって、最近(さいきんにん)人気(きお)が落(お)ち気味(ぎみ)ですよね。

B：そうですか。いつも通(どお)りに人気(にんき)だと思(おも)いますけど。

A：那個很紅的 YouTuber 最近人氣好像下滑了。

B：是這樣嗎。我覺得還是跟以前一樣紅。

A：岩崎(いわさき)さん、風邪(かぜ)治(なお)りましたか。

B：いいえ、ちょっと悪化(あっか)気味(ぎみ)です。

A：岩崎小姐，感冒好了嗎？

B：不，我覺得好像惡化了。

A：シャンティさん大丈夫(だいじょうぶ)ですか。顔色(かおいろ)が悪(わる)いですけど。

B：貧血(ひんけつ)気味(ぎみ)なので、早(はや)めに帰(かえ)らせていただけませんか。

A：香堤小姐你還好嗎？臉色很差欸。

B：好像有點貧血，可以讓我早點回去嗎？

課後練習

請將以下的中文句子翻譯成日語。

1. 最近有點會拉肚子，該怎麼辦比較好呢？（拉肚子＝下痢）
   _____

2. 休假的時候也覺得很累，都在睡覺。
   _____

3. 反正也會失敗，我有點一半放棄了。（一半放棄＝半ば諦め）
   _____

4. 我很內向，做什麼事情都很客氣。（內向＝人見知り、客氣＝遠慮）
   _____

5. 太累的話身體會出狀況。（身體出狀況＝体調を崩す）
   _____

解答請見 296 頁

第八章總複習

請從下列選項①～④中，選出最適合填入空白的答案。

1. ＿＿＿＿巻き込まれがちです。
    ①可愛い犬が散歩しているんで、
    ②台風が来るそうで、
    ④あの人は運が悪くて、トラブルに
    ⑤みんな勉強しているので、

2. あの人が言っていることは本当かどうかわからないけど、嘘＿＿＿＿。

    ①っぽいです

    ②がちです

    ③気味です

    ④です

3. 風邪気味なので、＿＿＿＿。
    ①遊びに行きます
    ②今日はマスクをつけます
    ③たくさん飲んでいきましょう
    ④仕事辞めます

4. あの方は美人なので、ナンパされるのも_____。

　①無理ですね

　②ダメですね

　③ありがちですね

　④美しいですね

5. この格好、日本人_____。

　①気味です

　②っぽいです

　③がちです

　④好きです

解答請見296頁

第9章

表示願望

- **26** てほしい　希望～
- **27** たいものだ　真想～
- **29** ないものか／ないものだろうか
  難道不能～嗎

26　表示「希望你～」的「てほしい」

君(きみ)にそばにいてほしい。
希望你在我身邊。

彼女(かのじょ)にマッサージしてほしいです。
希望她幫我按摩。

私(わたし)が作(つく)った料理(りょうり)を食(た)べてほしいです。
希望你吃我做的料理。

その本(ほん)を貸(か)してほしい。
我希望你能把那本書借給我。

★ 文法重點

用來講希望對方做的動作或維持的狀態，或是自己希望發生的現象等。

★ 文法接續

前面都是接續「動詞て形」。

◆ 動詞て形＋てほしい

この書類(しょるい)にサインをしてほしい。
我希望你能在這份文件上簽名。

★ 會話

A：新宅(しんたく)さん、もし結婚(けっこん)したら、ぜひ教(おし)えてほしいです。
B：それはもちろん、教(おし)えますよ。

A：新宅小姐，如果你結婚的話，希望能告訴我。
B：那當然我會跟你說的。

A：毎日忙(まいにちいそが)しいですね。
B：そうですね。早(はや)く連休(れんきゅう)が来(き)てほしいです。

A：每天都很忙呢。
B：真的，希望連假趕快來。

A：最近(さいきん)は毎日雨(まいにちあめ)ですね。
B：本当(ほんとう)に最悪(さいあく)ですよね。晴(は)れてほしいです。

A：最近每天都下雨呢。
B：真的很煩，希望趕快放晴。

課後練習

請將以下的中文句子翻譯成日語。

1. 因為想要長高，所以每天早睡早起。（早睡早起＝早寝早起き）
   _____

2. 數學真的太難了，希望誰可以幫我。
   _____

3. 希望她道歉。
   _____

4. 希望奶奶一直都很健康。
   _____

5. 工作進度希望能報告。（進度＝進捗状況）
   _____

解答請見 296 頁

27 表示「真想～」的「たいものだ」

使い切れないお金があれば、毎日働かず遊んでい**たいものです**。
如果有用不完的錢的話，我想要每天不工作都在玩。

仕事の日でもずっと寝てい**たいものだ**。
工作日也想要一直睡覺。

人間はいつでもサボり**たいものです**。
人類不管何時都是想偷懶的。

このまま無事に過ごし**たいものだ**。
真希望能這樣平安無事地度過。

★ 文法重點

用來說明很難實現或是根本不可能實現的情況，來表達自己強烈的願望跟期待，通常都是從以前就一直希望的事情。

★ 文法接續

由於是些接續助動詞「たい」，因此前面皆為「動詞ます形去掉ます」。

◆ 動詞ます形去掉ます＋たいものだ

彼の演奏を直接聞き**たいものだ**。
我真希望能直接聽到他的演奏。

★ 會話

A：池田さん、佐藤さんのことどう思いますか。
B：彼とは仲良くしていたいものですね。

A：池田小姐，你覺得佐藤先生怎麼樣？
B：想要跟他友好地相處呢。

A：定年になったら、何をしたいんですか。
B：食っちゃ寝していきたいものですね。

A：退休後你想做什麼呢？
B：想過著吃飽睡、睡飽吃的生活。

A：毎日忙しそうですね。
B：普通に働いてるだけです。早く長期休暇取りたいものです。

A：每天看起來都很忙呢。
B：只是在工作。好想快點放長假。

課後練習

請將以下的中文句子翻譯成日語。

1. 冷的時候想要裹著被子不出門。（裹著被子＝布団を被る）
   _____

2. 想要有一個月左右的休假。
   _____

3. 可以的話現在就想要環遊世界。（可以的話＝できれば）
   _____

4. 如果有大胃王我想要看看。
   _____

5. 想要吃看看超貴的懷石料理。
   _____

解答請見 296 頁

28 表示「難道不能～嗎」的「ないものか／ないものだろうか」

二郎君にちゃんと勉強してもらう方法が**ないものだろうか**。
有沒有能讓二郎君好好讀書的方法呢？

何か休みの時間をもっと長くでき**ないものか**。
有什麼方法能讓休息時間更長呢？

今すぐお金持ちになれ**ないものだろうか**。
怎樣可以馬上變成有錢人呢？

渋滞が少しでも緩和され**ないものか**。
有沒有什麼辦法能稍微緩解交通堵塞呢？

★ 文法重點

用來表現自己強烈的渴望，特別是那些很難真的實現的事情的時候有可能會用到這個文法。也可能是在自言自語的時候說。「もの」口語時可以換成「もん」，不過會是很孩子氣的講法。

★ 文法接續

不管句子的意思是肯定還是否定，前面都是接續「動詞否定形」。

◆ 動詞否定形＋ないものか／ないものだろうか

この状況を改善できないものだろうか。
難道沒有辦法改善這種情況嗎？

★ 會話

A：子供にピーマンを食べてもらう方法がないものだろうかね。

B：そうですね。天ぷらにしてみたらどうですか。

A：有沒有什麼方法可以讓小孩子吃青椒？

B：說得也是，把它做成天婦羅看看如何？

A：杉本さん、何を悩んでいますか。

B：この難しい問題はどうにかして解決できないものだろうか。

A：杉本小姐，你在煩惱什麼呢？

B：這個困難的問題要怎麼樣才能解決呢？

A：あのゲスト、いつもクレームしていますね。

B：文句だけじゃなくて、もっと具体的な意見を言えないものだろうか。

A：那位客人總是在抱怨呢。

B：不是光抱怨，能不能給一些更具體的意見呢？

課後練習

請將以下的中文句子翻譯成日語。

1. 能不能創造一個性別平等的社會呢？（性別平等＝ジェンダー平等（びょうどう））
   _____

2. 有沒有可以不用工作也能賺錢的方法呢？
   _____

3. 有沒有又高又帥又有錢的男人呢？
   _____

4. 有沒有薪水更高的工作呢？
   _____

5. 有沒有不用吃藥也能痊癒的辦法呢？
   _____

解答請見 296 頁

第九章總複習

請從下列選項①～④中，選出最適合填入空白的答案。

1. 今忙しいので、ここのゴミ、ちょっと捨ててきて＿＿＿＿。
    ① 行きます
    ② 行ってきます
    ③ もいいですか
    ④ ほしいです

2. ＿＿＿＿、もっと給料を上げてほしい。
    ① お金持ちだから
    ② 貧乏だから
    ③ 仕事したくないから
    ④ 楽だから

3. ＿＿＿＿。もっと仕事がうまくいくようにならないものか。
    ① 元気だから
    ② 親孝行したいけど
    ③ ミスが多い
    ④ 毎日運動しているから

4. 何があったら、すぐ私に＿＿＿＿。

　①会います

　②もらいました

　③あげます

　④報告してほしい

5. 猫が可愛いから、＿＿＿＿ものだ。

　①一匹でも飼いたい

　②飼いたくない

　③食べたい

　④持ちたい

解答請見 296 頁

第10章 表示建議

- ㉙ ようではないか／ようではありませんか
  讓我們〜吧
- ㉚ ものだ／ことだ　應是〜
- ㉛ べき／べきではない　應當／不應當

29 表示「讓我們～吧」的「ようではないか／ようではありませんか」

ジャンケンで決め**ようじゃありませんか**。
用猜拳來決定吧。

みなさん、一緒に国を変え**ようではありませんか**。
大家一起來改變國家吧。

みんなで食べ**ようじゃないか**。
大家一起吃吧。

協力してこの問題を解決し**ようではありませんか**。
大家一起合作來解決這個問題吧。

★ 文法重點

　　用來傳達自己的想法，進而引起別人的共鳴的一種文型，特別是在演說、演講、選舉等對很多人喊話的場合會使用。「ではありませんか」就像中文的「不是這樣嗎？」，有「自己已有這樣的想法，想取得對方的同意」的語感。「じゃ」是「では」的口語說法。

★ 文法接續

前面都是加上「動詞意向形」再加上「では（じゃ）ないか／では（じゃ）ありませんか」。

◆ 動詞意向形＋ようではないか／ようではありませんか

この[問題]{もんだい}を[解決]{かいけつ}し**ようではありませんか**。
讓我們來試著解決這個問題吧。

★ 會話

A：[今出]{いまで}さん、[最近]{さいきん}AIの[発展]{はってん}はすごいですね。
B：そうですね。AIの[時代]{じだい}を[共]{とも}に[迎]{むか}えようじゃありませんか。

A：今出小姐，最近AI的發展很驚人呢。
B：的確是，一起來迎接AI的時代吧！

A：[種村]{たねむら}さん、ちょっと[相談]{そうだん}したいことがあります。
B：よし。[一緒]{いっしょ}に[座]{すわ}って[相談]{そうだん}しようじゃないか。

A：種村小姐，我有事情想要商量。
B：好，那一起坐下來商量吧。

A：あの[人]{ひと}たちうるさくて。なんとかならないでしょうか。
B：[落]{お}ち[着]{つ}いて、[話]{はな}し[合]{あ}おうではありませんか。

A：那些人好吵，不知道該怎麼辦。
B：冷靜點，好好講話吧。

課後練習

請將以下的中文句子翻譯成日語。

1. 一起來挑戰看看吧。
   _____

2. 用 Youtube 一起來製作新作品吧。
   _____

3. 變成那種情況就放棄吧。
   _____

4. 因為天氣很好,一起去散步吧。
   _____

5. 累得話就要好好睡覺吧。
   _____

解答請見 296 頁

30 表示「應是～」的「ものだ／ことだ」

クリエーターとは、日常的に作品を作り続ける人の**ことだ**。
創作者是平常就有持續在創作的人。

自由の生活はみんなが求めている**ものだ**。
自由的生活是大家都在追求的。

図書館では静かにする**ことだ**。
在圖書館應該保持安靜。

★ 文法重點

「ものだ」有兩個用法，一個是用來講真理、一般常識的時候用。另一個是用來表達自己對事情的強烈情感或是忠告、社會常識等。但兩者都有強烈主張自己的意見的語感。「もの」口語時可以換成「もん」，不過會是很孩子氣的講法。

「ことだ」前面若放動詞否定形有忠告、建議的語感，若是放情感相關的動詞、「い形容詞」、「な形容詞」的話則是強調自己的感受，例如感動、諷刺、驚訝等等。

★ 文法接續

　　「ものだ」前面可以放所有動詞普通形的句子，以及「い形容詞」、「な形容詞＋な／である」，如同接續名詞時一樣。

① 動詞普通形／い形容詞＋ものだ

友達に頼まれたら、手伝う**ものだ**。
如果朋友請求，應該要幫忙。

② な形容詞＋な／である＋ものだ

先生とは大変**なものだ**。
老師就是辛苦的。

　　「ことだ」的話則是動詞辭書形、動詞否定形、「い形容詞」可以直接放在前面，而「な形容詞」結尾必須是「な」。

① 動詞辭書形／動詞否定形／い形容詞＋ことだ

失敗しても、あきらめる**ことだ**。
即使失敗了，也要堅持不放棄。

② な形容詞な＋ことだ

なんと残念な**ことだ**。
真是遺憾的事。

★ 會話

A：大丈夫？顔色悪いんだけど。

B：ありがとう！嬉しい！私はいい友達を持ったもんだ。

A：沒事嗎？你的臉色不太好。

B：謝謝！好開心，我是有好朋友的。

A：昨日ジムに行ったので、今はへとへとです。

B：あんなに運動したから、疲れるものです。

A：昨天去了健身房，現在累得要命。

B：那麼多運動，所以當然會累。

A：丁さん、仕事辞めるのですか。

B：そうです。年には勝てないってことだ。

A：丁先生，你已經要辭職了嗎？

B：是的，人是爭不過年齡的。

課後練習

請將以下的中文句子翻譯成日語。

1. 每天都保持運動習慣是很好的事情。（保持習慣＝習慣を保つ）
   _____

2. 誰都不想要失去自由。（失去自由＝自由を失う）
   _____

3. 人都會犯錯。
   _____

4. 小孩應該要早點睡覺。
   _____

5. 應該要看著對方的眼睛說話。
   _____

解答請見 297 頁

31 表示「應當／不應當」的「べき／べきではない」

人（ひと）との約束（やくそく）は守（まも）る**べき**ものです。
跟人家的約定就應該遵守。

こういう状況（じょうきょう）になったら、素直（すなお）に謝罪（しゃざい）す**べき**です。
如果是這樣的狀況，就應該坦率地道歉。

嫌（いや）なことは他人（たにん）にさせる**べきではない**です。
自己不喜歡的事情不應該讓別人做。

人（ひと）を見（み）た目（め）で判断（はんだん）す**べきではない**。
不應該以外表來判斷人。

★ 文法重點

　　用在表達社會常識、道德上的主流觀念所做的判斷，而不是自己主觀的想法。若要接續第三類動詞的「～する」時，會變成「すべき／するべき」。「するべき」比較少見。

★ 文法接續

前面基本上都是放「動詞辭書形」為主，其他很少被使用。

◆ 動詞辭書形＋べき／べきではない

この問題については、もっと調べるべきだ。
對於這個問題，應該要做更多的調查。

★ 會話

A：昨日の地震は怖かったですね。
B：ね！いつ来るかわからないから、常に備えるべきです。

A：昨天的地震真可怕呢！
B：對吧！因為不知道什麼時候會來，所以應該時常做好準備。

A：また日本人が海外で殺された事件がありますね。
B：海外では一人で道を歩くべきではないです。

A：又有日本人在國外被殺的事件了呢。
B：在國外不應該一個人走在路上。

A：今回のミスは、ちゃんと反省すべきだ。
B：かしこまりました。申し訳ございません。

A：這次的失誤，應該要好好反省！
B：我知道了！真的很抱歉。

課後練習

請將以下的中文句子翻譯成日語。

1. 負責人應該要負責任。（負責人＝責任者(せきにんしゃ)）
   _____

2. 學歷不管多高，都不應該用傲慢的態度講話。（傲慢＝傲慢(ごうまん)）
   _____

3. 如果會遲到的話，應該跟公司聯絡。
   _____

4. 如果養了狗，應該要一直照顧到最後。（照顧＝世話(せわ)）
   _____

5. 不管怎樣，都不應該戰爭。
   _____

解答請見 297 頁

第十章總複習

請從下列選項①～④中，選出最適合填入空白的答案。

1. みなさん、一緒に憲法を改正し、＿＿＿＿ではありませんか。

    ①戦争に行こう
    ②本を読もう
    ③ご飯を食べよう
    ④国を守ろう

2. みんな＿＿＿＿が食べたいものだ。

    ①美味しいご馳走
    ②まずい食べ物
    ③トンボ
    ④冷たい飲み物

3. 犬を飼ったら、ちゃんと＿＿＿＿べきです。

    ①寝る
    ②水を飲む
    ③散歩に行く
    ④責任を取る

解答請見 297 頁

154

第11章 表示許可或禁止

- **32** ことはない／こともない　沒必要〜
- **33** てもさしつかえない　做〜也可以
- **34** まじき　不該有的〜

32 表示「沒必要～」的「ことはない／こともない」

ラインがあるから、直接(ちょくせつ)言う**ことはない**です。
有 LINE，所以不需要直接講。

余裕(よゆう)があるので、焦(あせ)る**ことはない**よ。
還有餘裕，不需要焦慮。

どうぞお掛(か)けください。遠慮(えんりょ)する**ことはない**です。
請坐。不需要客氣。

すぐに答(こた)えを出(だ)す**こともない**よ。
也不必立刻給出答案。

★ 文法重點

用來表示「沒有必要」去做某件事情。常常用在建議、忠告、鼓勵等等的場合。常常搭配副詞「わざわざ」（特地）。

★ 文法接續

前面接續「動詞辭書形」。

◆ 動詞辭書形＋ことはない／こともない

そんなに心配することはない。
不必那麼擔心。

★ 會話

A：どうしよう！円安が止まらない。
B：暫く経ったら上がるから心配することもないよ。

A：怎麼辦！日幣一直貶值。
B：再過一陣子就會漲了，沒有必要擔心。

A：今日の晩ご飯、また失敗しちゃいました。
B：まだチャンスがたくさんありますので、気にすることはないですよ。

A：今天的晚餐我又失敗了。
B：還有很多機會啦，不用在意。

A：来週の試験の準備、間に合わなさそうです。
B：できる範囲で頑張ったから、無理することはないですよ。

A：下週考試的準備，感覺來不及了。
B：已經盡力努力了，不需要再勉強自己了。

課後練習

請將以下的中文句子翻譯成日語。

1. 不需要失望呦，還會再來。

   _____

2. 這隻狗性格溫馴，沒必要害怕。（溫馴＝温厚(おんこう)）

   _____

3. 傳 Email 就可以了，沒有必要特地過去。

   _____

4. 只是日本旅遊三天，沒必要來送行。

   _____

5. 這是家人的聚會，沒必要特地化妝去。（化妝＝メーク）

   _____

解答請見 297 頁

33 表示「做～也可以」的「～てもさしつかえない」

レポートは明日出し**てもさしつかえない**です。
報告明天交也沒關係。

台湾では、歩きながら食事し**てもさしつかえない**。
在台灣邊走邊吃也沒問題。

こちらで寝**ても差し支えない**です。
在這邊睡也可以。

★ 文法重點

用來表示可以做某件事,用法跟「～てもいい」、「～ても大丈夫」、「～ても構いません」類似。但是較為正式,比較不會用在日常會話。

★ 文法接續

前面可以接「動詞て形」、「い形容詞＋くて」、「な形容詞／名詞＋で」。

① 動詞て形＋てもさしつかえない

少し遅れ**てもさしつかえない**。
即使稍微遲到也沒有關係。

② い形容詞＋くて＋てもさしつかえない

暑くてもさしつかえない服を着ていく。
穿上即使很熱也無妨的衣服。

③ な形容詞／名詞＋で＋てもさしつかえない

この書類は重要でなくてもさしつかえない。
這份文件即使不重要也沒有關係。

★ 會話

A：山本さんはどう思いますか。
B：特に私の意見を聞かなくても差し支えないと思います。

A：山本小姐你怎麼想呢？
B：我覺得不問我的意見也沒問題。

A：自炊すれば、美味しくなくても差し支えないでしょう。
B：いや、ちょっとでも美味しさを心掛けた方がいいと思います。

A：自己煮的話，就算不好吃也沒關係吧。
B：不，我覺得還是要注意一下好不好吃。

A：今回のイベント楽しかったですね。
B：そうですね。次回でも差し支えなければ、また一緒に参加できると嬉しいです。

A：這次的活動真開心呢。
B：真的，如果無訪，能夠下次再一起參加，我會很高興的。

課後練習

請將以下的中文句子翻譯成日語。

1. 這次的會議，不參加也沒關係。
   _____

2. 付款在按摩結束後也沒問題。（付款＝お支払い）
   _____

3. 因為是捐血，沒有錢也可以的。（捐血＝献血）
   _____

4. 天氣非常熱，不外出也沒關係。
   _____

5. 因為趕時間，點外賣也沒關係。（點外賣＝出前を頼む）
   _____

解答請見 297 頁

34 表示「不該有的～」的「まじき」

セクハラなんて、上司としてある**まじき**行為だ。
性騷擾是身為上司不應該有的行為。

企業秘密をSNSで投稿することは許す**まじき**ことです。
把企業的機密PO在社交軟體上是不可原諒的。

飲酒運転は許す**まじき**犯罪です。
喝酒開車是不可原諒的犯罪。

医者としてある**まじき**発言だ。
這是作為醫生不應該說的話。

★ 文法重點

一般用在說明以某個職業或立場之上，不可以做的行為或是態度。是用在責備人的語氣，使用的句型也沒有太多變化，多為正式場合使用，較少在日常會話會用到。前段多為「ある」、「許す」、「する」這類的動詞，用法固定。

★ 文法接續

前面接續「動詞辭書形」。「**まじき**」本身就有否定的意思在，所以不會和否定形並用。

◆ 動詞辭書形＋まじき

このような行動は許され**まじき**行為です。
這種行為是不可原諒的。

★ 會話

A：このミスは本当にひどいですね。

B：確かに、これはプロとしてあるまじきミスです。

A：這個錯誤真的很過分呢！

B：確實這個不應該是專家該有的錯誤。

A：あんな常識のない人初めて見ました。

B：社会人にあるまじき行動でしたね。

A：我還是第一次看到那樣沒有常識的人。

B：是社會人不應該有的行為呢。

A：生徒を殴るなんて、教師としてあるまじき行為です。

B：本当に申し訳ございません。

A：毆打學生是作為老師不能做的事情。

B：真的很對不起。

課後練習

請將以下的中文句子翻譯成日語。

1. 作弊是作為學生不可原諒的行為。（作弊＝カンニング）
   _____

2. 沒有加尊稱的叫上司，作為部下是不應該的。（沒加尊稱＝呼び捨て）
   _____

3. 說那種髒話是作為老師不應該的舉止。（髒話＝汚い言葉）
   _____

4. 欺負市民等事情，是警察不應該做的行為。
   _____

5. 不照顧寵物而讓其死亡，是作為飼主不可原諒的行為。
   _____

解答請見 297 頁

第十一章總複習

請從下列選項①〜④中，選出最適合填入空白的答案。

1. 私(わたし)お金(かね)持(も)ちですので、＿＿＿＿こともないよ。
    ①買(か)い物(もの)する
    ②家(いえ)を買(か)う
    ③車(くるま)をたくさん買(か)う
    ④お金(かね)を借(か)りる

2. こちらで＿＿＿＿差(さ)し支(つか)えないです。
    ①悪(わる)いことしたら
    ②違法(いほう)なことするな
    ③食事(しょくじ)しても
    ④駐車(ちゅうしゃ)すること

3. 賄賂(わいろ)なんて、政治家(せいじか)として＿＿＿＿。
    ①あるべき行為(こうい)だ
    ②あるある行為(こうい)だ
    ③あるまじき行為(こうい)だ
    ④あってもおかしくない行為(こうい)だ

165

4. ＿＿＿＿、心配することはないです。

　　①道はかるので
　　②道迷っていますので
　　③足がないので
　　④お金がないので

5. ＿＿＿＿、傘持ってないで出かけても差し支えないです。

　　①今日は大雨だから
　　②天気が悪いので
　　③雨降っているので
　　④晴ということで

解答請見 297 頁

第12章

表示推測

35 はずだ　應該會～

36 まい　應該不會～

37 恐(おそ)れがある　恐怕會～

38 兼(か)ねない　很可能～

39 に違(ちが)いない／に相違(そうい)ない　肯定是～

35 表示「應該會～」的「はずだ」

何度も何度も練習したら、上手になる**はずです**。
一直一直去練習，應該會變厲害的。

携帯持っているから、迷子にはならない**はずです**。
我帶著手機，應該是不會迷路。

毎日ジムに行けば、痩せる**はずだ**。
如果每天都去健身房，應該會瘦的。

★ 文法重點

用來講自己經驗、常識來做主觀判斷的文法。也可能事實上結果跟自己想的不一樣，因此「はずだ」也可以換成過去式「はずだった」、「はずでした」。

★ 文法接續

將「はず」當為一個名詞來接續，所以前面可以放「名詞＋の」、「い形容詞」、「な形容詞＋な」、動詞普通形。

① 名詞＋の＋はずだ

　　彼はプロの選手のはずだ。
　　他應該是職業選手。

② な形容詞＋な＋はずだ

　　この映画は感動的なはずだ。
　　這部電影應該是感人的。

③ い形容詞／動詞普通形＋はずだ

　　唐辛子がたくさん入ってるから辛いはずだ。
　　放了很多辣椒，應該很辣。

★ 會話

A：石井さん、お皿はどこですか。

B：あれ？さっきここにあったはずだったなのに。

A：石井小姐，盤子在哪裡呢？

B：咦？明明剛剛還在這邊的。

A：写真を撮ってもらえますか。

B：はい、チーズ。よっし！今回はいい写真を撮れたはずです。

A：可以幫我拍照嗎？

B：來，一、二、三。好，這次應該拍得不錯。

A：すみません、ここに行きたいんですけど、どのくらいかかりますか。

B：そうですね。タクシーで行けば20分くらいかかるはずです。

A：不好意思，我想去這裡，大概要花多久呢？

B：我想想，搭計程車的話應該要花20分鐘左右。

課後練習

請將以下的中文句子翻譯成日語。

1. 應該沒有人是不會犯錯的。
   _____

2. 我打掃了好幾遍,應該是乾淨。
   _____

3. 我都做了這麼多準備,明明應該沒問題的。
   _____

4. 是山田先生的話,應該能合格的。
   _____

5. 我昨天才修好的,應該不會壞掉。
   _____

解答請見 297 頁

36 表示「應該不會～」的「まい」

どんなに練習しても、字がきれいにならない。もう書く**まい**。
不管怎麼練習，字都不變漂亮，不寫了。

お酒を飲み過ぎて二日酔いがきつかった。今度は飲む**まい**。
喝太多了宿醉很嚴重，下次不喝了。

子供をいじめるなんて、絶対に許す**まい**。
竟然欺負小朋友，絕對不可原諒。

★ 文法重點

用在書面文件上，較少用在講話口語上。有兩個意思：

① **我不會～、不做～：相當於「動詞否定形」意思。**

ひどい目にあった。もうこの店には来る**まい**。
真是吃了苦頭，我不會再來這家店。

② **應該不會～：表達自己認為應該不會發生的事情，推測的語氣。**

ひどい目にあわせてやった。もうこの店には来る**まい**。
給他吃了苦頭，應該不會再來這家店。

★ 文法接續

「まい」本身就有否定意思，所以前面不能再放否定型，只會有動詞辭書形。

◆ 動詞辭書形＋まい

彼はもう二度と同じミスをする**まい**。
他一定不會再犯同樣的錯誤。

★ 會話

A：彼氏と上手くいってますか。
B：いえ、もう彼とは会うまい。

A：跟男朋友還好嗎？
B：不，不會再跟他見面了。

A：このぬいぐるみ全然可愛くないな。
B：君にはこのぬいぐるみの良さは分かるまい。

A：這個娃娃完全不可愛。
B：你可懂不了這個娃娃的可愛吧。

A：この財布はいくらですか。
B：1000万円ですけど、言っても誰も信じまい。

A：這個錢包多少錢？
B：1000萬日幣，我說了也沒人會相信。

課後練習

請將以下的中文句子翻譯成日語。

1. 已經買了很多，不會不夠。
   _____

2. 就算失敗我也不哭。
   _____

3. 因為服務不好，以後應該不去了。
   _____

4. 我在這邊，應該沒有什麼好擔心的。
   _____

5. 他決心不再跟雙親見面了。
   _____

解答請見 298 頁

37 表示「恐怕會～」的「恐れがある」

お茶が熱いので、火傷の**恐れがあります**。
茶很燙，可能會燙傷。

毎日寝不足だったら、炎症を招く**恐れがあります**。
每天都睡眠不足的話，可能會導致發炎。

ニュースによると、明日の朝にかけて大雪の**恐れがある**そうです。
根據新聞報導，明天早上恐怕會有大雪。

このままだと、計画が失敗する**恐れがある**。
照這樣下去，計劃可能會失敗。

★ 文法重點

常用於根據如媒體的報導、或一般常識來說明有可能會發生不好的事情的時候，因此較為客觀，且用在負面的事情較多。

★ 文法接續

可以將「恐れ」當作是一個名詞，前面可以接續動詞普通形或「名詞＋の」。

① 動詞普通形＋恐れがある

この薬を使うと、副作用の恐れがある。
使用這種藥物可能會有副作用的風險。

② 名詞＋の＋恐れがある

台風の影響で、洪水の恐れがある。
由於颱風影響，可能會發生洪水。

★ 會話

A：やばい！日焼け止め持って来るのを忘れちゃった。
B：それじゃ日焼けする恐れがあるね。

A：糟糕！忘記帶防曬過來了。
B：這樣我們恐怕會曬傷呢。

A：毎日フルーツだけ食べています。
B：それはダメですよ。栄養不足の恐れがありますから。

A：我每天都只有吃水果。
B：那樣不行喔。有可能會營養不足。

A：サントさん、なんか怪しいメッセージが届いた。
B：気をつけてください。詐欺の恐れがあります。

A：山德小姐，我好像收到奇怪的簡訊。
B：小心，有可能是詐騙的訊息。

課後練習

請將以下的中文句子翻譯成日語。

1. 不運動的話可能對健康造成不好的影響。
   _____

2. 把小孩放在車內,恐怕會導致生命危險,請絕對不要這樣做。(放＝放置_{ほうち})
   _____

3. 做那種事情的話,可能會變成犯罪。
   _____

4. 因為經營不善,公司有可能倒閉。(經營不善＝経営不振_{けいえいふしん}、倒閉＝倒産_{とうさん})
   _____

5. 在那邊吃東西的話,可能會給別人造成困擾。(造成困擾＝迷惑_{めいわく}になる)
   _____

解答請見 298 頁

176

38 表示「很可能〜」的「兼ねない」

怪しいリンクをクリックしたら、会社の機密を漏らし**かねない**ので、やめてください。
打開可疑的連結的話可能會造成公司秘密洩漏，請不要這麼做。

寒い日にちゃんと防寒しないと、風邪になり**兼ねない**。
在這麼冷的天不好好保暖的話，可能會感冒。

そんな曖昧で不明確な表現は誤解を招き**兼ねない**。
那種曖昧不明確的講法可能會導致誤會。

このまま仕事を続けると、体を壊し**かねない**。
繼續這樣工作下去，可能會弄壞身體。

★ 文法重點

用來表達某件事情可能會導致負面的結果。「兼ねない」常常不會以漢字表示，寫作「かねない」。

★ 文法接續

前面一律接續「動詞ます形去掉ます」。

◆ 動詞ます形去掉ます＋兼ねない

彼の態度では、誤解を招きかねない。
以他的態度，很可能會引起誤解。

★ 會話

A：子供を育てるのに環境が大事ですね。
B：そうですね。環境が悪いと、非行に走り兼ねません。

A：養小孩的環境很重要呢。
B：真的，環境太壞，可能會做壞事。

A：なんでそんなに痩せているんですか。
B：病気でね。これ以上痩せると生活に支障が出かねないので、大変なんです。

A：為什麼你這麼瘦？
B：因為生病了。如果再瘦下去，可能會影響生活，所以很辛苦。

A：安全のために、これには絶対気をつけたほうがいいですよ。
B：分かりました。間違えると負傷者が出兼ねませんから。

A：為了安全，這部分絕對要小心。
B：我知道了，搞錯的話很可能會有人受傷。

課後練習

請將以下的中文句子翻譯成日語。

1. 這個考試可能會影響你的人生。（影響＝左右(さゆう)）
   _____

2. 自學的話可能會受到更多挫折。（挫折＝挫折(ざせつ)）
   _____

3. 這麼熱的天氣，不喝水的話可能會脫水。（脫水＝脱水症状(だっすいしょうじょう)）
   _____

4. 公務員都貪污的話，可能會導致政府失去信用。（貪污＝汚職(おしょく)）
   _____

5. 煙蒂不好好處理的話，可能會導致火災。（煙蒂＝吸(す)い殻(がら)）
   _____

解答請見 298 頁

39 表示「肯定是～」的「に違いない／に相違ない」

彼が言っていることは嘘に違いないです。
他說的話一定是假的。

彼女は芸能人に違いありません。
她一定是藝人。

こんな細かいことできるのは山田さんに相違ない。
能做到這麼瑣碎的事情的一定是山田小姐。

彼女の成功の秘訣は努力に相違ない。
她的成功秘訣無疑是努力。

★ 文法重點

「に違いない／に相違ない」都是用來表示話者主觀的覺得「一定是」的想法。「〜に相違ない」更正式一些，所以日常對話少用。

★ 文法接續

　　兩者前面都可以放動詞普通形、「い形容詞」、「な形容詞」、名詞，不需要加其他字。

◆ 動詞普通形／名詞／い形容詞／な形容詞＋に違いない／に相違ない

　　彼はこの仕事を引き受ける**に違いない**。
　　他一定會接受這份工作。

★ 會話

A：犯人は誰でしょうかね。
B：言うまでもないでしょう。木村さんに違いありません。

A：犯人到底是誰呢？
B：那還用說嗎。當然是木村先生囉。

A：どうして毎週教会に行くんですか。
B：神様がいるに違いないと信じているからです。

A：為什麼你每週都去教會？
B：因為我相信神一定存在。

A：上田さん、いつも挙動不審ですね。
B：何かを企んでいるに相違ないです。

A：上田先生的舉動一直都很可疑呢。
B：一定是在策劃什麼事。

課後練習

請將以下的中文句子翻譯成日語。

1. 用估狗一定比較快。（估狗＝ググる）
   _____

2. 這家店一定比較好吃。
   _____

3. 只要看藤原的例句，一定能更快掌握日語文法。（例句＝例文[れいぶん]）
   _____

4. 他會遲到，肯定是發生了什麼麻煩。（麻煩＝トラブル）
   _____

5. 奶油啤酒一定是熱的比較好喝。（奶油啤酒＝バタービール）
   _____

解答請見 298 頁

第十二章總複習

請從下列選項①～④中，選出最適合填入空白的答案。

1. 毎日やっているので、＿＿＿＿はずだ。

　　①わからない
　　②知らない
　　③わかる
　　④知らないふり

2. 二度とこういう大変なことはする＿＿＿＿。

　　①ことにします
　　②ことは大事です
　　③のは最高です
　　④まい

3. そんなに甘い物を食べたら＿＿＿＿。

　　①可愛くなるよ
　　②健康になるよ
　　③太る恐れがあるよ
　　④元気になるよ

4. 寒いから、ちゃんと服を着てください。風邪になり_____。

　　①ませんから

　　②恐れがあるから

　　③はずですから

　　④兼ねない

5. ナミちゃんが疲れているのは、毎日一生懸命に働いている_____。

　　①恐れがあります

　　②兼ねないです

　　③まいです

　　④からに違いないです

解答請見 298 頁

第13章 表示不限於

- ㊵ **ばかりか／ばかりでなく**　不僅～還
- ㊶ **に限らず／に限ったことではない**　不只是～
- ㊷ **のみならず／のみか**　非但～也

40 表示「不僅〜還」的「ばかりか／ばかりでなく」

永井さんは中国に 10 年くらい住んでいたが、中国語**ばかりか**、ピン音さえわからない。

雖然永井小姐曾經在中國住了 10 年，但是不用說中文了，連拼音都不知道。

ジョンさんは英語**ばかりでなく**、韓国語もペラペラです。

約翰先生不只是英語，韓語也講得很好。

よく休んでいたのに、風邪が治らない**ばかりか**、もっとひどくなりました。

明明好好休息了，感冒不但沒有好，還變得更嚴重。

★ 文法重點

用來說明不僅僅是前項的事情，還有後項程度更高的事情的一個文型。正面、負面的事情皆可使用。

「ばかりでなく」也可以寫作「ばかりではなく」，兩者意思是一樣的。

★ 文法接續

可以搭配動詞普通形、「い形容詞」、名詞，但「な形容詞」之後要加上「な／である」。

① 動詞普通形／い形容詞／名詞＋ばかりか／ばかりでなく

彼(かれ)は英語(えいご)**ばかりか**、フランス語(ご)も話(はな)せる。
他不僅會說英語，還會說法語。

② な形容詞＋な／である＋ばかりか／ばかりでなく

彼女(かのじょ)は親切(しんせつ)**なばかりか**、成績(せいせき)もいい。
她不僅親切，而且成績也很好。

★ 會話

A：この前(まえ)の誕生日(たんじょうび)パーティーはどうでしたか。

B：それは楽(たの)しいばかりか、史上最高(しじょうさいこう)なパーティーだったと思(おも)います。

A：之前那個生日派對怎麼樣？

B：我覺得那何止是開心，是史上最棒的派對了。

A：この商店街(しょうてんがい)は日本料理(にほんりょうり)ばかりでなく、台湾料理(たいわんりょうり)もあるんですね。

B：本当(ほんとう)ですね。ぜひ食(た)べてみたいですね。

A：這個商店街不只是日本料理，也有台灣料理呢。

B：真的耶，一定要吃看看。

A：最近早起(さいきんはやお)きして、勉強(べんきょう)するばかりか、筋(きん)トレもしてます。

B：ストイックな生活(せいかつ)なんですね。

A：最近都早起，不只讀書還做重訓。

B：真是自律的生活呢。

課後練習

請將以下的中文句子翻譯成日語。

1. 她不只料理很厲害，家事全部優秀。（優秀＝優(すぐ)れてます）
   _____

2. 這個工作不只肉體上很累，精神上也相當疲勞。
   _____

3. 這家店不只外觀漂亮，味道也超好吃。
   _____

4. 珍珠奶茶不只在台灣，在全世界都很有人氣。（珍奶＝タピオカミルクティー）
   _____

5. 台灣不只機車很多，不遵守交通規矩的人也很多。
   _____

解答請見 298 頁

41 表示「不只是～」的「に限らず／に限ったことではない」

この動画は大人に限らず、子供も楽しめます。
這個影片不只大人，小孩也能觀賞。

このサービスは今日に限ったことではなく、毎日やってます。
這個服務不是只有今天有，每天都有。

お菓子に限らず、糖質が高い食べ物も体に良くないです。
不只點心，糖分高的食物也對身體不好。

スマホの使いすぎによる健康への影響は若者に限ったことではない。
過度使用手機對健康的影響並不限於年輕人。

★ 文法重點

用來講不只前面的東西，後面會講更大範圍的狀況。也可以拿來當句尾，單句使用，說明不只有前面的東西。正面或負面皆可使用。

意思上，「に限らず」的強調要擴大範圍，而「に限ったことではない」強調還有其他的事例。

★ 文法接續

前面一律接續名詞，文法上用法相同。

◆ 名詞＋に限らず／に限ったことではない

このイベントは学生に限らず、誰でも参加できる。
這個活動不僅限於學生，任何人都可以參加。

★ 會話

A：日本の経済はちょっと良くなってきましたね。

B：日本に限らず、世界の国々がちょっとずつ良くなってますね。

A：日本的經濟稍微好一點了呢。

B：不只日本，世界各國都一點一滴變得更好。

A：本をたくさん読めば日本語能力試験に合格できると思ったのに、合格できなかったです。

B：日本語は文字に限ったことではないですよ。聴解もありますから。

A：我以為只要看書日檢就能合格，結果沒合格。

B：日語不只有文字喔，還有聽力問題。

A：なんか今日やる気出ないですね。

B：いや、今日に限らず、毎日じゃないですか。

A：感覺今天提不起勁呢。

B：不，不只有今天，是每天吧。

課後練習

請將以下的中文句子翻譯成日語。

1. 日本的禮節不是只有日本人要遵守，觀光客也必須遵守。
   _____

2. 不是只有可疑的人，對任何人都要小心。
   _____

3. 要變得健康不只要運動，營養均衡的食品和保健品也很重要。（保健品＝サプリメント）
   _____

4. 京都不是只有週末，每天觀光客都很多。
   _____

5. 不是只有女性，男性也必須負起育兒的責任。
   _____

解答請見 298 頁

42 表示「非但～也」的「のみならず／のみか」

彼はテニス**のみならず**、サッカーもできます。
他不僅會網球，也會足球。

戦争は、国と国の問題**のみならず**、全世界の問題です。
戰爭不只是國與國之間，也是全世界的問題。

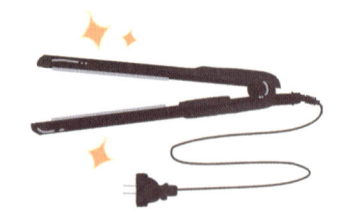

この美容室はカット**のみか**、パーマの技術もすごいです。
這家美容院不只是減法，燙髮的技術也很厲害。

彼は仕事が速い**のみか**、正確さにも優れている。
他不僅工作快，而且非常準確。

★ 文法重點

用來說明不僅僅是前面的事情，後面的事情也是。「のみならず」是一個比較在文書上使用的文法，會話上較少使用。

★ 文法接續

動詞普通形、名詞、「い形容詞」、「な形容詞」四種都可以放在前面接續。

◆ 動詞普通形／名詞／い形容詞／な形容詞＋のみならず／のみか

彼は歌が上手のみならず、ダンスも得意だ。
他不僅擅長唱歌，還擅長跳舞。

★ 會話

A：亀井さんは日本料理のみならず、西洋料理もできますよ。
B：へー彼の料理を食べてみたいですね。

A：龜井先生不僅日本料理，也會做西洋料理喔。
B：哇～想要吃看看他的料理。

A：毎日暑すぎますよね。
B：日焼け止めのみならず、水分補充もちゃんとしないと。

A：每天都太熱了呢！
B：不只防曬乳，也要好好補充水分。

A：この曲は人気がありますね。
B：若い人のみならず、年配の人も知ってますね。

A：這首歌真的很紅欸。
B：不只是年輕人，年長的人也知道呢。

課後練習

請將以下的中文句子翻譯成日語。

1. 記單字不是只有記意思，發音也要練習。
   _____

2. 製作動畫不是只有攝影，剪輯也很重要。（剪輯＝編集_{へんしゅう}）
   _____

3. 人生不是只有錢，跟愛的人相處的時間更珍貴。（珍貴＝大切_{たいせつ}）
   _____

4. 減肥不僅僅是運動，飲食也必須注意。
   _____

5. 洗臉之後不僅僅是化妝水，也使用乳液。（洗臉＝洗顔_{せんがん}）
   _____

解答請見 298 頁

第十三章總複習

請從下列選項①～④中，選出最適合填入空白的答案。

1. この店は韓国の商品ばかりでなく、＿＿＿＿。

    ①韓国の商品だけです
    ②台湾の商品も売っています
    ③日本の商品はないです
    ④それ以外は何もないです

2. この運動は＿＿＿＿に限らず、女性にも簡単にできます。

    ①女性専用
    ②性別
    ③男性
    ④オカマ

3. 盗撮は謝罪するだけの問題のみならず、＿＿＿＿。

    ①どうでもいいです
    ②もう一度謝罪しなさい
    ③土下座の問題です
    ④犯罪の問題です

4. ユニバーサル・スタジオはアトラクションのみか、_____。

　　①全部つまらないですけど
　　②行きたくないです
　　③レストランまで楽しかったです
　　④確かにアトラクションのみです

5. ナミちゃんのマッサージ店は今日に限ったことではなく、_____。

　　①週に一日だけ営業します
　　②親子丼が一番おいしい
　　③毎日営業します
　　④明日は営業しません

解答請見 299 頁

第14章

表示基準

- ㊸ 通(とお)り　如同～
- ㊹ に基(もと)づいて／に基(もと)づき／に基(もと)づく　按照～
- ㊺ を踏(ふ)まえ／を踏(ふ)まえて／を踏(ふ)まえた
  以～為前提
- ㊻ に沿(そ)って／に沿(そ)った　按照～

43 表示「如同～」的「通（とお）り」

私（わたし）が教（おし）えた**通（とお）り**に、アニメを作（つく）ってください。
請照我教的做動畫。

動画（どうが）の**通（とお）り**に踊（おど）ってみました。
我照著影片試著跳了。

予測（よそく）**通（どお）り**、地震（じしん）がありました。
跟預測的一樣，發生地震了。

レシピ**通（どお）り**に料理（りょうり）を作（つく）ってみたら、簡単（かんたん）にできた。
照著食譜做飯，結果很簡單的成功。

★ 文法重點

　　用來表示跟前面的一樣，或是依照前面的東西，後面常常會接續計畫、命令、指示、想像、想法等等的句子。

★ 文法接續

前面只會放「動詞辭書形」、「動詞た形（過去式）」、「名詞＋の」，名詞不加「の」的話，「通り」的讀音會變成「どおり」，這是因為會跟前面的名詞合併成一個名詞，形成「連濁」的現象。

① 動詞辭書形／動詞た形（過去式）／名詞＋の＋通（とお）り

指示の通りに作業を進めてください。
請按照指示進行操作。

② 名詞＋通（どお）り

計画通りにプロジェクトが進んでいます。
項目正在按計劃進行。

★ 會話

A：すみません、清さん、このシステムどう操作したらいいですか。

B：まず説明書通りにやってみてください。

A：不好意思，清小姐，這個系統要怎麼操作呢？

B：請先照說明說做做看。

A：指示通りにやったけど、怒られました。

B：それは理不尽ですね。

A：我雖然照著指示做，但還是被罵了。

B：那真是不講理呢。

A：想像した通り、平野さんは優しい人でした。

B：私もそう思います。

A：跟想像一樣，平野小姐是溫柔的人。

B：我也這麼認為。

課後練習

請將以下的中文句子翻譯成日語。

1. 跟計畫的一樣，報告在 10 分鐘內完成。
   _____

2. 如同我的預定，客戶準時出現在約定的地點。（出現＝現れる）
   _____

3. 我按照書上寫的做，真的成功了。
   _____

4. 跟預言說的一樣，新冠肺炎爆發了。（爆發＝流行する）
   _____

5. 如同謠言說的，田中正在劈腿。（劈腿＝浮気する）
   _____

解答請見 299 頁

44 表示「按照～」的「に基づいて/に基づき/に基づく」

アンケート調査の結果に基づいて、オンラインレッスンを作りたいです。
我想根據問卷調查的結果來製作線上課程。

この小説は本当のことに基づいて書かれたものです。
這本小說是根據真實的事情所寫的。

これは統計データに基づく論文です。
這是根據統計資料所寫的論文。

経験に基づいて、アドバイスをしています。
根據經驗給予建議。

★ 文法重點

用來說「根據前面的東西，來做後面的事情」的文型。

★ 文法接續

「に基づいて／に基づき／に基づく」前面都是放名詞。「に基づいて／に基づき」可以放在兩個句子中間，兩種意思相同。「に基づき」更為正式。而「に基づく」則可以直接在之後接上名詞。

◆ 名詞＋に基づいて／に基づき／に基づく

このレポートは実際のデータに基づいて作成されました。
這份報告是基於實際數據製作的。

★ 會話

A：末吉さん、この作り方はどこで学びましたか。
B：これは自分の経験に基づく作り方です。

A：末吉先生這個作法是在哪裡學的呢？
B：這個是照我自身的經驗的做法。

A：天気予報に基づき、明日の午後は雨になるでしょう。
B：嫌ですね。

A：按照氣象預報報導，明天下午會下雨。
B：真討厭呢。

A：こないだハワイの旅行はどうでしたか。
B：計画に基づいて行動したが、やはり予想外のことがいっぱいありました。

A：之前的夏威夷旅行怎麼樣？
B：雖然根據我的計畫行動了，但是果然還是有很多預料之外的事情發生。

課後練習

請將以下的中文句子翻譯成日語。

1. 接下來將按照事實來說明事情。
   _____

2. 根據女子的證言，警察找到了嫌疑犯。（嫌疑犯＝容疑者（ようぎしゃ））
   _____

3. 根據結果的獎賞。（獎賞＝ご褒美（ほうび））
   _____

4. 這首歌是以別首歌為基礎來作曲的。
   _____

5. 這道菜是根據有名的廚師的食譜所製作的。（食譜＝レシピ）
   _____

解答請見 299 頁

45 表示「在～基礎上」的「を踏まえ／を踏まえて／を踏まえた」

前職の反省を踏まえて、次の仕事を探します。
在反省前工作的基礎之上來找下一份工作。

アンケート調査の結果を踏まえて、プレゼンテーションを準備します。
以問卷調查結果為基礎來準備上台報告。

日本で留学した経験を踏まえ、ブログを書き始めました。
以在日本留學的經驗為基礎，開始寫部落格。

最新のデータを踏まえた分析結果を報告する。
基於最新的數據來報告分析結果。

★ 文法重點

用來講以前段的內容為根據、前提、判斷的基準等來進行後面的行為的文型。

★ 文法接續

前段一律接續名詞，另外，跟上一個文型一樣，「を踏まえ／を踏まえて」放在

句子中間接續兩個句子，而「を踏まえた」則可以修飾另外一個名詞。是比較正式的講法。

◆ 名詞＋を踏まえ／を踏まえて／を踏まえた

この提案は現場の意見を踏まえて考えられています。
這個提案是基於現場的意見來考慮的。

★ 會話

A：これからのYouTubeの動画では、何か新しい企画がありますか。
B：視聴者たちの意見を踏まえた上で検討し、作っていきたいと思います。

A：接下來的YouTube影片，有什麼新企劃嗎？
B：我會根據觀眾的意見來檢討製作。

A：藤原先生の教え方はどんな感じですか。
B：主に教科書の内容を踏まえて、新しい用語や文法も取り入れて教えています。

A：藤原老師的教法是怎樣的呢？
B：主要是根據教科書的內容，加入新的單字跟文法來教學。

A：この前の面接はどうでしたか。
B：失敗しましたが、今回の経験を踏まえて、またチャレンジしたいと思います。

A：之前的面試怎麼樣呢？
B：雖然失敗了，想透過這次的經驗，再去挑戰一次。

課後練習

請將以下的中文句子翻譯成日語。

1. 以各種立場為基礎，來進行討論。（討論＝議論(ぎろん)）
   _____

2. 以市場動向為基礎，來投資。（市場動向＝市場動向(しじょうどうこう)）
   _____

3. 以前輩的經驗為基礎，來辦活動。
   _____

4. 以爸媽的意見為基礎，來選擇學校。
   _____

5. 以考試的結果為基礎，來決定未來的計畫。
   _____

解答請見 299 頁

46 表示「按照～」的「に沿って／に沿った」

道路**に沿って**歩いています。
沿著道路步行。

運命**に沿った**行動。
按照命運的行動。

マニュアル**に沿って**操作します。
照著說明書操作。

学校の方針**に沿った**教育を行っている。
按照學校的方針來進行教育。

★ 文法重點

有具體跟抽象的兩種意思，具體的意思是「沿著道路、河川、海岸這種有界限的東西」去做其他動作。抽象的意思是指「遵循某狀況、或方案來執行其他動作」。

★ 文法接續

前段一律都是接續名詞。「に沿って」放在兩個句子當中當作中間的接續。「に沿った」則可以用來修飾名詞。跟前面兩個文型接續一樣。

◆ 名詞＋に沿って／に沿った

このプロジェクトは計画に沿って進められています。
這個項目按照計劃進行。

★ 會話

A：次はどこ行きますか。
B：川に沿って散歩したいです。

A：接下來要去哪裡？
B：想要沿著河川散步。

A：脱毛したいですが、どうしたらいいですか。
B：お客さんのご希望に沿って、提案させていただきます。

A：我想要除毛，該怎麼做比較好呢？
B：我們會根據客人的需求來做推薦。

A：動画に沿ったやり方でやってみましたが、ダメでした。
B：ちょっと別の動画を見てみましょうか。

A：雖然是照著影片做的，還是行不通。
B：稍微看一下別的影片吧。

課後練習

請將以下的中文句子翻譯成日語。

1. 沿著街道種樹吧。（街道＝通り）
   _____

2. 照著劇本的戲劇。（劇本＝シナリオ、戲劇＝演劇）
   _____

3. 按照新的方針來行動。（方針＝方針）
   _____

4. 請沿著白線排隊。
   _____

5. 請按照講義做報告。（講義＝レジュメ）
   _____

解答請見 299 頁

第十四章總複習

請從下列選項①～④中，選出最適合填入空白的答案。

1. 今回の旅行は私の計画通りに＿＿＿＿。
   ①順調に進んでいます
   ②めっちゃくちゃです
   ③意外なことが多いです
   ④色んなことがあります

2. ネットで調べた資料に基づいて、＿＿＿＿。
   ①電車の時間を調べます
   ②旅行の計画を立てます
   ③会社へ行きます
   ④パソコンで調べます

3. アメリカで留学した経験を踏まえて、＿＿＿＿。
   ①英語を勉強するつもりです
   ②アメリカで就職するつもりです
   ③日本語を教えるつもりです
   ④ダラダラしていくつもりです

解答請見 299 頁

第15章 表示關聯、對應

- **47** によって／によっては　根據～而～(不同)
- **48** 次第／次第で／次第では　根據～而定
- **49** をきっかけにして／を契機にして
  以～為契機

47 表示「根據～而～（不同）」的「によって／によっては」

気分**によって**コーディネートを変えています。
根據心情穿搭也會不同。

天候**によっては**、イベントがキャンセルされる場合もあります。
依據天氣狀況活動也可能取消。

地域**によって**、営業時間がバラバラです。
根據地域的不同，營業時間都不一樣。

★ 文法重點

「によって」有非常多用法（可參考01課「～による／により／によって」），這邊介紹「根據前段的不同，後面也會有所變化，或是有所行動」的用法，也是最常見的用法之一。

文法上，兩者前面一律都是放上名詞。

◆ 名詞＋によって／によっては

このサービスは利用者**によって**評価が分かれる。
這項服務的評價因使用者而異。

★ 各文法用法差異

兩者意思有點差異，要依狀況選擇適合的文法。

◆ によって：表示會因為、根據前項的某事，而發生後項的某事。

天候によって、試合が中止されることがある。
有根據天氣狀況，將比賽中止這種事。

◆ によっては：表示會因為、根據前項的某事，來決定後項的某事。

天候によっては、試合が中止されることもある。
有時會根據天氣狀況，將比賽中止。

★ 會話

A：このホテルにはどんなサービスがありますか。
B：時間によって、さまざまなサービスがありますね。

A：這家飯店有哪些服務呢？
B：根據時間有各式各樣的服務呢。

A：篠原さんはどんな時にカラオケに行きますか。
B：その日の体調によって左右されますね。

A：篠原小姐都什麼時候去KTV呢？
B：會根據那天的身體狀況有所不同呢。

A：誰がゴミ捨てに行きますか。
B：アミダ籤の結果によって決めましょう。

A：誰去倒垃圾？
B：用爬梯遊戲的結果來決定吧。

課後練習

請將以下的中文句子翻譯成日語。

1. 根據明天的天氣來決定行程。（行程＝プラン）
   _____

2. 根據使用者的意見來開發新產品。（產品＝製品(せいひん)）
   _____

3. 根據國家不同，文化也不同。
   _____

4. 根據人不同，選擇也會不同。
   _____

5. 根據情況，也可能會加班。（加班＝残業(ざんぎょう)）
   _____

解答請見 299 頁

48 表示「根據〜而定」的「次第/次第で/次第では」

人生は自分次第です。
人生是取決於自己。

行くか行かないかは気分次第です。
去不去是取決於心情。

農産物は天候次第で収穫量が違います。
農產品會因為天氣影響而有不同的收穫量。

この問題は、交渉次第で解決できる可能性がある。
這個問題可能取決於協商結果而解決。

★ 文法重點

用來表達根據某件事或東西，而做出不同的決定或行為時所用的文型。可以放在句子中間，也可以放在句尾。

★ 文法接續

在「次第」的前面，都是加上名詞。通常「次第で」會放在一個長句子的中間，表示「根據～而定」。「次第では」也一樣，不過有對比數項事情的功能。

◆ 名詞＋次第／次第で／次第では

会議の結果次第で、計画を変更するかもしれない。
根據會議的結果，計劃可能會有所變動。

★ 會話

A：今年の宝くじ当たるのかな。

B：さあ、それは運次第ですけど。

A：今年的樂透不知道會不會中獎。

B：誰知道，那個是由運氣決定。

A：このソフトウェア、どんなものが作れますか。

B：使い方次第で、普通の動画も作れるし、アニメも作れます。

A：這個軟體可以做怎樣的東西呢？

B：根據用法，可以做一般的影片，也能做動畫。

A：バイクっていうのは本当に必須なものですか。

B：交通機関が不便なところでは便利なものですが、使い方次第では、お金を稼ぐ手段にもなります。

A：機車真的是必要的東西嗎？

B：對大眾交通工具不普及的地方是很方便的東西，根據使用方式不同，也可以拿來賺錢。

課後練習

請將以下的中文句子翻譯成日語。

1. 能不能出國留學要看你的成績。
   _____

2. 根據用詞狀況,可能會惹怒別人。(用詞狀況=言葉遣い)
   _____

3. 能不能合格,要看你的努力。
   _____

4. 根據便當菜色不同,決定吃飯的量。(菜色=おかず)
   _____

5. 能不能財務自由,要看存款。(財務自由=経済的自立、存款=貯金)
   _____

解答請見 299 頁

49 表示「以～為契機」的「をきっかけにして／を契機にして」

転職をきっかけにして、自分の好きなことをやり始めました。
以轉職為契機，開始做自己喜歡的事情。

引っ越しを契機に、家を整理整頓します。
以搬家為契機，把家裡整理一番。

お隣さんの火事をきっかけに、子供たちに消火器の使い方を教えました。
以鄰居的火災為契機，教了孩子們滅火器的使用方式。

★ 文法重點

用來說明以某件事為契機，所以去做了另外一件事。「して」可省略，「を契機にして」是更為正式的講法。後面的事情多為正面的。注意前後兩件事不可以是同一件事，否則無法使用。

★ 文法接續

前面可以放名詞以及動詞普通形，但動詞普通形要在之後加上形式名詞「の」來名詞化，才可以接續在「をきっかけにして／を契機にして」的前面。

① 名詞＋をきっかけにして／を契機にして

新しいプロジェクトをきっかけにして、チームの連携を強化したい。
以這個新項目為契機，我們希望加強團隊的合作。

② 動詞普通形＋の＋をきっかけにして／を契機にして

父が階段で転んだのをきっかけにして、家の作りを見直すことになった。
父親在樓梯摔倒，成為了重新檢討家裡結構的契機。

★會話

A：日本語を勉強するきっかけは何ですか。

B：好きだった子は日本人だったので、それをきっかけに日本語を勉強し始めました。

A：請問你學習日語的契機是什麼呢？

B：以前喜歡的女孩是日本人，所以以那個為契機就開始學了。

A：ベトナムの人と友達になったことをきっかけにして、ベトナム旅行に行きました。

B：ベトナムはどうですか。楽しかったですか。

A：以認識越南朋友為契機，我去了越南旅行。

B：越南怎麼樣？開心嗎？

A：この仕事に応募したのはなぜですか。

B：あるインフルエンサーのチャンネルを見たのを契機にして、これは私の趣味とぴったりだと思いました。

A：為什麼會打算要應徵這個工作？

B：以看了某個網紅的頻道為契機，覺得這符合我的興趣。

課後練習

請將以下的中文句子翻譯成日語。

1. 以老師的一句話為契機，我開始準備考研究所。
   _____

2. 以結婚為契機，買了新車子。
   _____

3. 以腳受傷為契機，開始練習了書法。（書法＝書道^{しょどう}）
   _____

4. 以進入大學為契機，我買了電腦。
   _____

5. 以旅行為契機，買了一雙新鞋子。
   _____

解答請見 300 頁

第十五章總複習

請從下列選項①～④中，選出最適合填入空白的答案。

1. 先生によって、＿＿＿＿。
    ①教え方もそれぞれです
    ②勉強したくないです
    ③難易度が高いです
    ④問題も多くなります

2. 仕事が終わり次第＿＿＿＿。
    ①教えていただきます
    ②ご報告します
    ③トイレから出ます
    ④入力してもらいます。

3. アンケート調査の結果＿＿＿＿レポートを作成しました。（答案不只一個）
    ①によって
    ②をきっかけにして
    ③次第で
    ④に基づいて

221

4. コロナをきっかけにして、＿＿＿＿。（答案不只一個）
　　①日本語を勉強し始めました
　　②特に何もしたくないです
　　③毎日ゲームをしています
　　④リモートワークできる仕事を探し始めた

5. ナイフは物を切るのに便利ですが、使い方＿＿＿＿、兇器になる恐れもあります。
　　①に踏まえて
　　②通りに
　　③次第では
　　④にしろ

解答請見 300 頁

第16章
表示舉例

- **50** とか〜とか　之類〜之類
- **51** やら〜やら　又是〜又是
- **52** と言い〜と言い　也好〜也好

50 表示「之類～之類」的「とか～とか」

朝食はいつもパン**とか**おにぎり**とか**を食べます。
早餐都是吃麵包或是飯糰之類的。

私は特技**とか**がありません。
我沒有特技之類的。

友達**とか**がいないと寂しいです。
沒有朋友之類的話很寂寞。

★ 文法重點

用來列舉同類的東西的時候可以用，常見的是列舉兩個，但也可以只列舉一個，或是更多。

★ 文法接續

前面放名詞是最常見的，注意列舉超過一個詞時全部詞需要都不一樣。

◆ 名詞＋とか

彼は映画**とか**音楽**とか**が好きです。
他喜歡電影、音樂等等。

也可以放動詞辭書形或「い形容詞」、「な形容詞」。

◆ **動詞辭書形／い形容詞／な形容詞＋とか**

彼は勉強する**とか**、趣味を楽しむ**とか**、忙しい日々を送っている。
他過著忙碌的生活，比如學習和享受興趣等。

注意複數「**とか**」並列時，不管是名詞還是動詞辭書形、形容詞，都是可以混用的。

★ 會話

A：印南さん、休みの時いつも何をしていますか。
B：テレビを見るとか、釣りをするとかしてます。

A：印南先生，休假的時後你都在做些什麼？
B：看電視啦或是釣魚啦。

A：太郎ちゃん、将来何になりたいですか。
B：首相とか大統領とかになりたいです。

A：太郎，以後想要當什麼呢？
B：我想要當首相或是總統之類的。

A：好きな日本料理は何ですか。
B：お寿司とかラーメンとか納豆とか好きです。

A：你喜歡什麼日本料理呢？
B：我喜歡壽司、拉麵，納豆之類的也喜歡。

課後練習

請將以下的中文句子翻譯成日語。

1. 水果我想吃哈密瓜跟西瓜之類的。（哈密瓜＝メロン）
   _____

2. 下次旅行想要去日本啦、韓國啦等的亞洲國家。
   _____

3. 台灣美食的話我推薦地瓜球之類的。（地瓜球＝サツマイモボール）
   _____

4. 出門記得帶交通卡跟雨傘之類的。（交通卡＝ICカード）
   _____

5. 青椒、紅蘿蔔之類的是我最討厭的蔬菜。
   _____

解答請見 300 頁

51 表示「又是～又是」的「やら～やら」

毎日仕事やらチャンネルやら運営で、余裕がないです。
每天都因為工作跟經營頻道，沒有任何餘裕。

ご飯食べてないせいで、目眩やら寒気やらで力が出ないです。
因為沒吃飯的關係，頭暈又發冷，使不上力。

年末は家族とご飯やら、掃除やら色々やることあります。
年末又是要和家人吃飯、又是掃除什麼的有很多事要做。

引っ越しの日は、家具を運ぶやら掃除をするやらで大忙しだった。
搬家的那天，又要搬家具又要打掃，忙得很。

★ 文法重點

用法基本上跟「とか～とか」類似，都是用來舉例事情，只是「やら～やら」多用在負面的事情，來表現辛苦、忙碌、累等等負面的情緒。如果只舉一個例子，常常用「～やら何やら」這個組合出現。

★ 文法接續

可以接續名詞、動詞辭書形、「い形容詞」三種，但注意兩個詞要不同。

◆ 名詞／動詞辭書形／い形容詞＋やら＋名詞／動詞辭書形／い形容詞＋やら

彼は仕事**やら**家事**やら**で、非常に忙しい。
他忙於工作和家務，真的很忙。

★ 會話

A：佐々木さん、仕事大変そうですね。

B：撮影やら、テレビ番組やら、確かに大変ですよ。

A：佐佐木小姐，你的工作好像很辛苦。

B：攝影、電視節目等等確實很辛苦唷。

A：旅行の前に何を準備しますか。

B：ホテルを予約するやら、チケットを買うやら色々ですね。

A：旅行之前要準備些什麼呢？

B：要預約飯店，買票等等很多呢。

A：定年退職って、どんな感じですか。

B：嬉しいやら、寂しいやら、複雑ですね。

A：退休離職是什麼感覺呢？

B：既高興又感到寂寞，很複雑呢。

課後練習

請將以下的中文句子翻譯成日語。

1. 炸雞跟薯條是造成肥胖的原因。（肥胖＝肥満症）
   _____

2. 在超市買了高麗菜、炒麵等等。（高麗菜＝キャベツ）
   _____

3. 吃太多點心之類的所以蛀牙了。（蛀牙＝虫歯ができた）
   _____

4. 今天看了日劇、韓劇之類的，一天就結束了。
   _____

5. 明年有考試跟就職等等的，所以很忙。
   _____

解答請見 300 頁

52 表示「也好～也好」的「といい～といい」

言葉遣い**といい**、服装**といい**、礼儀正しい人です。
無論是講話也好，服裝也好，都是有禮貌的人。

味付け**といい**、見た目**といい**、完璧な料理です。
不管是調味，還是外觀，都是完美的料理。

この図書館はエアコン**といい**、居心地**といい**、最高なところです。
這個圖書館不管是空調還是舒適度，都是最棒的地方。

この公園は、景色**といい**、空気**といい**、散歩には最適な場所だ。
這個公園無論是景色還是空氣，都是最好的散步場所。

★ 文法重點

用來要主觀評價一個東西的時候，舉兩個點，來描述自己的評價，並暗示還有其他的點。好的評價或壞的評價都可以使用。

★ 文法接續

「といい」的前面一律都是接續名詞，但注意兩個名詞要不同。

◆ 名詞＋といい＋名詞＋といい

その映画はストーリーといい、演技といい、全体的に素晴らしかった。
那部電影無論是劇情還是演技，整體都很出色。

★ 會話

A：この火鍋料理のお店はどうですか。

B：そうですね。食材といい、値段といい、コスパはあまり良くないと思います。

A：這家火鍋店你的覺得怎麼樣？

B：我想想，不管是食材，還是價錢，我覺得CP值不是那麼好。

A：日本はサービスといい、食べ物といい、とてもいいから一度は旅行に行くべきです。

B：そうなんですね。じゃ行かないと。

A：日本無論是服務，還是食物都很讚，是必須去旅行一次的。

B：是這樣啊，那必須去。

A：どうしてこのアニメが好きですか。

B：キャラクターといい、BGMといい、全て私の好みです。

A：為什麼喜歡這個動畫？

B：不管是角色還是背景音樂全部都是我喜歡的。

課後練習

請將以下的中文句子翻譯成日語。

1. 無論是洋蔥還是大蒜,我都不能吃。
   _____

2. 不管是髮型還是臉,都是我的菜。(菜=タイプ)
   _____

3. 不管是德國還是法國,歐洲我都想去。
   _____

4. 無論是電腦還是手機,我都不擅長。
   _____

5. 這個時鐘不管是設計還是顏色,都很棒。
   _____

解答請見 300 頁

第十六章總複習

請從下列選項①～④中，選出最適合填入空白的答案。

1. 行（い）きたい国（くに）はドイツ_____、フランス_____です。（答案不只一個）

    ①や、など
    ②とか、とか
    ③と、と
    ④や、や

2. 台所（だいどころ）を片付（かたづ）けるのに食洗機（しょくせんき）を洗（あら）う_____、食器（しょっき）を棚（たな）に戻（もど）す_____、いろいろあるので大変（たいへん）ですよ。（答案不只一個）

    ①やら、やら
    ②とか、とか
    ③といい、といい
    ④や、や

3. この服（ふく）はシルエット_____、色（いろ）_____、私（わたし）のタイプです。

    ①やら、やら
    ②か、か
    ③や、など
    ④といい、といい

4. ＿＿＿なら荷物の準備やら、チケットを買うやらめんどくさいです。

　　①旅行する
　　②家で寝る
　　③ゲームをする
　　④掃除をする

5. もし＿＿＿がいてくれたら、元気になるかもしれません。

　　①ゲーム
　　②楽しいこと
　　③友達とか
　　④携帯とか

解答請見 300 頁

第17章

表示排除

- 53 にもかかわらず／を問わず　不論〜
- 54 はともかく／は別として／はさておき
  先不管〜
- 55 をよそに／もかまわず　不顧〜

53 表示「不論～」的「にかかわらず／を問わず」

性別**にかかわらず**、みんな基本の権利があります。
跟性別無關，大家都有基本的權利。

このイベントは年齢**を問わず**、誰でも参加できます。
這個活動無論年齡大家都可以參加。

この仕事は経験**を問わず**、無経験の方でも応募できます。
這個工作不看經驗，沒經驗的人也可以應徵。

★ 文法重點

「にかかわらず／を問わず」是表示「無論～都」，前面的大都接續：經驗、年齡、性別、學歷、國籍、天候、晝夜、時間、男女、有無、理由、成績這類的名詞。

★ 文法接續

「にかかわらず」前面可以放名詞、「な形容詞」、「い形容詞」、動詞辭書形。

◆ 名詞／な形容詞／い形容詞／動詞辭書形＋にかかわらず

天気にかかわらず、イベントは予定通り開催されます。
不論天氣如何，活動都會按計劃舉行。

「を問わず」的前面則只能放名詞。

◆ 名詞＋を問わず

年齢を問わず、誰でも参加できます。
不論年齡，任何人都可以參加。

★ 會話

A：疲れてるようですね。どうしたんですか。

B：体調にかかわらず、私はとにかく今日でこの本を完成させたいです。

A：你看起來很累，怎麼了嗎？

B：無論身體狀況如何，我今天就是想完成這本書。

A：電車が遅延したので、遅れました。すみません。

B：理由にかかわらず、遅刻する場合はまず電話で連絡して欲しいです。

A：因為電車延遲，所以遲到了，不好意思。

B：無論什麼理由，如果會遲到，希望你能先打電話來說一聲。

A：私は12歳なんですけど、ジムの利用ができますか？

B：当館では年齢を問わず、みんなで楽しめるジムです。

A：我12歲，可以用健身房嗎？

B：本館是無論年齡，大家都可以使用的健身房。

課後練習

請將以下的中文句子翻譯成日語。

1. 無論國籍，誰都都可以進來。
   _____

2. 這張票無論期限，隨時都可以使用。
   _____

3. 無論成績如何，只要想學我都教。
   _____

4. 這間店無論消費金額如何，都免運費。（消費金額＝購入金額、免運＝送料無料）
   _____

5. 這間公司無論地點在哪，都可以遠程工作。（遠程工作＝リモートワーク）
   _____

解答請見 300 頁

54 表示「先不管～」的「はともかく（として）／は別として／はさておき」

結果はともかく、しっかり勉強したことは大事です。
先不管結果，在過程中學到的東西很重要。

成績は別として、まず勉強したい意欲を見せて欲しいです。
先無論成績，希望你能展現出想學習的態度。

このパソコンはスペック**はさておき**、めっちゃくちゃ安いです。
先不管這台電腦的性能，超級便宜的。

実家の料理は見た目**はともかくとして**、味はとても美味しい。
老家的飯菜外觀先不說，味道非常好吃。

★ 文法重點

用來表達「先不考慮前項的東西，總之先注意後面的東西。」的時候可以用的文型。

★ 文法接續

前面可直接接續名詞，而名詞以外的動詞、形容詞則要加上「か」或是「かどうか」再接續。

◆ **名詞＋はともかく（として）／は別として／はさておき**

内容はともかく、提出期限を守ってください。
至內容不管如何，請遵守提交截止日期。

接續名詞以外的詞的時候，直譯成中文時會變成「先不管是不是～」。

① **動詞辭書形＋か／かどうか＋はともかく（として）／は別として／はさておき**

成功出来るがどうかはともかく、努力したことが大切だ。
不論是否能成功，有努力過才是重要的。

② **い形容詞＋か／かどうか＋はともかく（として）／は別として／はさておき**

その料理が美味しいかどうかは別として、見た目はとても魅力的だ。
不論那道菜是否美味，至少外觀非常吸引人。

③ **な形容詞＋か／かどうか＋はともかく（として）／は別として／はさておき**

彼の提案が適切かどうかはともかくとして、そのアイデアには感心した。
雖然不論他的提議是否合適，但我對那個想法感到印象深刻。

★ 會話

A：どうしてこの靴を買ったんですか。
B：見た目はともかくとして、履き心地がいいですよ。

A：你怎麼會買這個鞋子？
B：先不管這個外表，穿起來很舒服喔。

A：このレストランはめっちゃ美味しいですね。
B：値段は別として、食べないと後悔しますね。

A：這個餐廳超好吃的。
B：先無論價錢，如果不吃的話會後悔。

A：小石さん今日も可愛いですね。
B：冗談はさておき、早く手伝ってくださいよ。

A：小石小姐你今天也好可愛。
B：別開玩笑了，快點來幫忙。

課後練習

請將以下的中文句子翻譯成日語。

1. 先不管好不好吃,這家店的服務非常好。
   _____

2. 先不論有沒有達成目標,今年是開心的一年。
   _____

3. 先不論別人怎麼評價,我是很喜歡。
   _____

4. 先不看臉,個性我喜歡。(個性＝人柄[ひとがら])
   _____

5. 這個包包先不看價格,外觀很可愛。
   _____

解答請見 301 頁

55 表示「不顧〜」的「をよそに／もかまわず」

台風**をよそに**海へ遊びに行きました。
無視颱風還是跑去海邊玩了。

自分の欠点**をよそに**、他人の悪口を言っています。
無視自己的缺點卻說別人的壞話。

人の目**も構わず**、道路で寝ています。
不管別人的目光在道路上睡覺。

彼女は人目**もかまわず**、大声で泣き出した。
她不顧周圍的目光，大聲哭了出來。

★ 文法重點

用來表示「忽視、無視別人的擔心、期待、周圍的狀況等等，完全不在意」的文型。後段通常都是講不好的事。另外注意「もかまわず」之前可以加上「に」，但非必須。

★ 文法接續

兩種文法意思相同，但用法不太一樣。「**をよそに**」前面一律放名詞。

◆ 名詞＋をよそに

彼の批判**をよそに**、彼女は自分のやり方を貫いた。
她無視了他的批評，堅持自己的做法。

「**もかまわず**」之前可放名詞，動詞普通形和「い形容詞」之後要加上「**の**」，而「な形容詞」要以「**な**」或「**である**」結尾，之後再加上「**の**」然後才可以接續。

① 名詞＋もかまわず

彼は周りの人の視線**もかまわず**、大声で歌い始めた。
他無視了周圍人的目光，大聲開始唱歌。

② 動詞普通形／い形容詞＋の＋もかまわず

彼は遅刻する**のもかまわず**、仕事に行った。
他不顧遲到，還是去上班了。

彼は寒い**のもかまわず**、外でランニングを続けた。
他不顧寒冷，繼續在外面跑步。

③ な形容詞な／である＋の＋もかまわず

彼は危険な**のもかまわず**、線路に落ちた財布を拾いに行った。
他不顧危險，還是去撿起掉落在鐵路上的錢包。

★ 會話

A：息子は私の心配をよそに、一人で海外へ行きました。
B：大丈夫ですか。心配ですね。

A：兒子無視我的擔心，一個人跑到國外了。
B：沒問題嗎？真讓人擔心。

A：キュウさんは明日プレゼンテーションがあるのも構わず、友達と遊びに行きました。
B：それはやばいですね。

A：九先生不管明天有報告，跟朋友出去玩了。
B：那真是糟糕了。

A：彼はこんな暑い日をよそに、日焼け止めを塗らないで出かけました。
B：日焼けをする恐れがありますね。

A：他無視這個炎熱的天氣，不塗防曬乳就出門了。
B：恐怕會曬傷呢。

課後練習

請將以下的中文句子翻譯成日語。

1. 她無視大雨的預報,沒帶傘出門。
   _____

2. 無視老師的擔心,每天翹課。
   _____

3. 無視周圍的人的視線,在電車裡講電話。
   _____

4. 無視昂貴的價格,他買了這間房子。
   _____

5. 無視家人的反對,他去國外工作了。
   _____

解答請見 301 頁

第十七章總複習

請從下列選項①～④中，選出最適合填入空白的答案。

1. 年齢＿＿＿＿、3歳の子供から80歳のお年寄りまで誰でも歓迎します。
   - ①は大事で
   - ②を注目して
   - ③を問わず
   - ④にこだわって

2. 理由＿＿＿＿、遅刻はとにかくよくないです。
   - ①は大事です
   - ②を教えてください
   - ③にかかわらず
   - ④をちゃんと考えて

3. 周囲の危険＿＿＿＿、勝手にゴミを燃やしています。
   - ①を見て
   - ②をよそに
   - ③を注意して
   - ④を守って

4. 臭豆腐は匂いはともかくとして、＿＿＿＿。

　　①全部臭いです
　　②食べるのは怖いです
　　③味は結構美味しいです
　　④値段も高いです

5. あの人、彼女がいるのも構わず、＿＿＿＿。

　　①あちこちで女の人をナンパしています
　　②彼女を大事にしています
　　③毎日彼女とイチャイチャしています
　　④真面目な人です

解答請見 301 頁

第18章

表示斷定

(56) ～にほかならない／ほかならぬ～　無非是～
(57) に決(き)まっている　一定是～
(58) しかない／ほかない　只有～
(59) に越(こ)したことはない　最好是～
(60) にすぎない　不過是～

56 表示「無非是～」的「にほかならない／ほかならぬ」

忙しい時は焦らないこと**にほかならない**です。
忙的時候一定不要焦慮。

先生が生徒に厳しくするのは、生徒のことを心配**にほかならない**。
老師對學生嚴格無非是擔心學生。

今の成果があるのは、**ほかならぬ**親の協力があったからこそ。
有今天的成果，肯定是因為有父母的幫忙。

その問題を解決できるのは、**ほかならぬ**君しかいない。
能解決這個問題的，只有你。

★ 文法重點

要對某件人、事、物強調肯定、斷定的語氣的時候使用的文型，表示只有這個可能性、非此不可。是比較偏正式、文書上的文型，在日常會話較少使用。

「～にほかならない」和「ほかならぬ～」的文法不同，「にほかならない」通常前面都是加名詞，若不是名詞，則加上形式名詞「の」或「こと」，或是句尾加上表示原因理由的「から」讓前面變成一個句子。

◆ 名詞＋にほかならない

この成功は、彼の努力の成果にほかならない。
這個成功正是他努力的結果。

「ほかならぬ」在之後接續名詞，語氣會更強調該名詞的特殊地位。「ぬ」是「ない」的古文講法，給人更正式的印象。

◆ ほかならぬ＋名詞

この問題はほかならぬ彼自身の責任だ。
這個問題無非是他自己應負的責任。

★ 各文法用法差異

「〜にほかならない」和「ほかならぬ〜」涵義一樣，但想要強調的對象不一樣：

◆ 〜にほかならない：強調某人、事、物是某個狀況的「原因」，重點在於「某人、事、物為原因」這個事實。

私が転んだのは、そこの石のせいにほかならない。
我會跌倒，原因無非是那顆石頭。

◆ ほかならぬ〜：強調是某個特定的人、事、物，重點在於「是某人、事、物」這個事實。

私が転んだのは、ほかならぬそこの石のせい。
我會跌倒，無非是那顆石頭的錯。

★ 會話

A：落ち込んでいますね。大丈夫ですか。
B：今回のミスは完全に自分が悪いからにほかならない。

A：你看起來很失落，還好嗎？
B：這次的失誤完全是自己的錯。

A：どうして毎日残業しますか。
B：人生は仕事にほかならないから。

A：為什麼每天都在加班？
B：因為我的人生就是工作。

A：どうして部屋が散らかっていますか。
B：ほかならぬあなたが拾ってきた猫の仕業ですよ。

A：為什麼房間這麼亂？
B：就是你撿回來的貓的傑作。

課後練習

請將以下的中文句子翻譯成日語。

1. 樂透就是運氣。（樂透＝宝くじ）
   _____

2. 作為學生最重要的就是學習。
   _____

3. 現在最方便的東西無非是手機。
   _____

4. 我想去的公司無非是 TOYOTA。
   _____

5. 這次面試會失敗一定是我實力不足。（實力不足＝力不足）
   _____

解答請見 301 頁

57 表示「一定是～」的「に決まっている」

JGA57.mp3

貧乏よりもお金持ちになる方がいい**に決まっています**。
比起貧困當然是有錢比較好。

彼は泥棒**に決まっています**。
他一定就是小偷。

どうせみんな遅刻する**に決まっている**。
反正大家一定會遲到。

こんなめちゃくちゃな計画は失敗する**に決まっている**。
這麼亂七八糟的計畫一定會失敗。

★ 文法重點

用來表達主觀地覺得「一定」是這樣的時候用的斷定文型。

★ 文法接續

前面可以放動詞普通形、「い形容詞」、「な形容詞」、名詞。

◆ 動詞普通形／い形容詞／な形容詞／名詞＋に決まっている

ダメに決まっているでしょ。
當然不行啊。

★會話

A：どれが美味しいかな。

B：カレーライスに決まってる。

A：哪個好吃呢？

B：絕對是咖哩飯。

A：仕事、何をするか毎日悩んでいます。

B：そりゃ楽しい仕事に決まっていますよ。

A：工作要做什麼每天都很煩惱。

B：那當然是開心的工作囉。

A：今回のスピーチコンテスト、絶対勝つに決まっています。

B：その自信はどこから来ているのですか。

A：這次的演講比賽，我絕對會贏。

B：你是哪裡來的自信？

課後練習

請將以下的中文句子翻譯成日語。

1. 吃油炸食物一定對身體不好。（油炸食物＝揚げ物）
   _____

2. 他絕對喜歡西野小姐。
   _____

3. 晚餐當然是吃麥當勞。（麥當勞＝マック）
   _____

4. YouTube 頻道當然是看藤原豆腐的。
   _____

5. 這個作法一定會失敗。
   _____

解答請見 301 頁

58 表示「只有～」的「しかない／ほかない」

選択肢(せんたくし)がないので、やる**しかない**です。
因為沒有選擇，只好做了。

ルールを守(まも)る**しかない**。
只好遵守規則了。

やることないから、帰(かえ)る**ほかない**。
沒事情做，只好回家了。

★ 文法重點

用來表示「沒有其他選擇跟方法，只能這樣做的時候」用的文型。因為有放棄的語感所以通常用在負面情況較多。在會話、非正式的情況也能用在正面的事物。

★ 文法接續

兩種說法意思、用法皆相同，前面接續「動詞辭書形」。

257

◆ 動詞辭書形＋しかない／ほかない

この状況(じょうきょう)では、もう諦(あきら)める**しかない**。
在這種情況下，只能放棄了。

★ 會話

A：今日(きょう)はもう時間(じかん)がないですね。

B：しょうがないけど、帰(かえ)るしかないですね。

A：今天已經沒有時間了呢。

B：沒辦法，只好回家了。

A：デパートに行(い)ったんですが、お金(かね)がなくて何(なに)も買(か)わなかったです。

B：それは悔(くや)しいですね。もっとお金(かね)を稼(かせ)ぐほかないです。

A：雖然去了百貨公司，但因為沒錢什麼都沒買。

B：那真是不甘心，只好多賺錢了。

A：推(お)しが今度(こんど)台湾(たいわん)に来(く)るらしいですよ。

B：あらら、会(あ)いに行(い)くしかないですね。

A：據說我推的偶像下次會來台灣。

B：哎呀！那一定要去看。

課後練習

請將以下的中文句子翻譯成日語。

1. 因為停電只好睡覺了。（停電＝停電(ていでん)）
   _____

2. 想在日本工作，只好學日語了。
   _____

3. 這次的考試完全沒有準備，只好放棄了。
   _____

4. 這個包真的太好看，只好買了。
   _____

5. 這麼溫柔的人，只好喜歡他了。
   _____

解答請見 301 頁

59 示「最好是～」的「に越したことはない」

海外に行くのなら、保険がある**に越したことはない**です。
如果去國外，最好是要有保險。

健康のために、しっかり栄養を考えて献立を決める**に越したことはない**。
為了健康，最好好好考慮營養來決定菜色。

たとえ安全な国にいても、常に安全意識を持っている**に越したことはない**です。
就算在安全的國家，也最好隨時保持著安全意識。

早く寝る**に越したことはない**。
早點睡覺是最好的。

★ 文法重點

用來表示「以常識而言，這麼做的話會比較好」的時候會用的文型。常常用在一般社會上常識的事情。

★ 文法接續

前面可以接續名詞、動詞普通形、「い形容詞」、「な形容詞」。

◆ 名詞／動詞普通形／い形容詞／な形容詞＋に越したことはない

安全な方法に越したことはない。
沒有比安全的方法更好的了。

★ 會話

A：ちょっと気分が悪いです。
B：こういう時はゆっくり休むに越したことはないですよ。

A：身體稍微有點不舒服。
B：這時候最好是好好休息喔。

A：ジョアンさん、理想の彼氏はどんな人ですか？
B：もちろんイケメンであるに越したことはないね。

A：喬安小姐，你想找怎樣的男朋友？
B：當然最好是個帥哥。

A：最近暑いですね。
B：完全に大丈夫じゃないですけど、一応日焼け止めを塗るに越したとこはないですよ。

A：最近很熱呢。
B：雖然不是完全沒問題，總之最好先塗上防曬乳。

課後練習

請將以下的中文句子翻譯成日語。

1. 雖然錢不是一切,但最好還是要有錢。
   _____

2. 這時代變化很快,最好是一直學習比較好。
   _____

3. 鞋子是每天穿的東西,最好要買好的鞋子。
   _____

4. 難得都來日本了,最好能爬富士山。
   _____

5. 雖然很難,但最好還是有自己的房子。
   _____

解答請見 301 頁

60 表示「不過是～」的「にすぎない」

これは私個人的な意見**に過ぎません**。
這只不過是我個人的意見。

人類はあらゆる動物の中の一つ**に過ぎない**。
人類只不過是動物的其中之一而已。

ここの服は、私の服の 10 分の 1 **にすぎない**。
這邊的衣服，只是我衣服的十分之一。

彼はただの友達**に過ぎません**。
他不過是個朋友。

★ 文法重點

要強調前面的人事物程度低、不重要的時候用的文型，有輕視的語感。

★ 文法接續

前面可以接續名詞、動詞普通形、「い形容詞」、「な形容詞」。

◆ 名詞／動詞普通形／い形容詞／な形容詞＋にすぎない

あれは単なる噂にすぎない。
那僅僅是流言而已。

★ 會話

A：尾崎さん、セキュリティーカードをとってもらえますか。

B：すみません、私はただのアルバイトにすぎないので、そんな権限はないです。

A：尾崎小姐，可以幫我拿門禁卡嗎？

B：不好意思，我只是一個打工的，沒有那種權限。

A：どうしてずっと勉強してるの？

B：今知っていることは氷山の一角に過ぎないからです。

A：為什麼你一直在學習？

B：因為我現在知道的事情只不過是冰山一角。

A：へーこれも買いたいですね。

B：いらないものは買ってもただのゴミに過ぎないですよ。

A：咦，也想要買這個。

B：買不需要的東西的話，也只不過是垃圾而已喔。

課後練習

請將以下的中文句子翻譯成日語。

1. 工作只不過是賺錢的其中一種方法。
   _____

2. 這只是他眾多作品中的其中一個。（眾多＝数多い）
   _____

3. 我只不過是公司的一員。
   _____

4. 無論怎麼練肌肉，都只是肉而已。（練肌肉＝筋トレ）
   _____

5. 我只不過是日語老師裡面最弱的一個。（弱＝弱い）
   _____

解答請見 301 頁

第十八章總複習

請從下列選項①～④中，選出最適合填入空白的答案。

1. 地震が発生した場合、一番大事なのは冷静で迅速な対応_____。

    ①にほかならないです

    ②はいらないです

    ③しても意味ないです

    ④しなくても大丈夫です

2. 人生は自分なりの目標を持っていた方が_____。

    ①簡単である

    ②よくないです

    ③いいに決まっています

    ④良くないです

3. 今日は店内がすごく混み合っており、カウンター席_____。

    ①まだまだたくさんあります

    ②しかありません

    ③は100個くらい残っています

    ④全部空いています

解答請見302頁

第19章

表示否定、部分否定

- ⑥1 わけがない／はずがない　不可能～
- ⑥2 どころではない　不是～的時候
- ⑥3 とは限（かぎ）らない／ないとも限（かぎ）らない　未必～

61 表示「不可能～」的「わけがない／はずがない」

そんな**わけがない**。
不可能是那樣！

こういうやり方ではできる**はずがない**です。
這種作法是行不通的。

こんな下手な作品は、見る人がいる**わけがない**です。
這樣差的作品不可能有人看。

★ 文法重點

這兩個文型都是用來表示話者主觀地覺得「不可能」，帶有強烈的否定感。基本上都可以互換。

★ 文法接續

前面可以接續動詞普通形、「い形容詞」、「な形容詞＋な／である」、「名詞＋な／である」。

① 動詞普通形＋わけがない／はずがない

彼がそんなことをする**わけがない**。
他不可能做出那種事。

② い形容詞＋わけがない／はずがない

リンゴが金色なわけがないでしょ。
蘋果怎麼可能是金色的。

③ な形容詞＋な／である＋わけがない／はずがない

あんな極端な考えが適切であるわけがない。
那種極端的想法不可能是合適的。

④ 名詞＋な／である＋わけがない／はずがない

あいつの話が本当なはずがない。
那傢伙的話不可能是真的。

★ 會話

A：やだ。ゴミ捨て場の中にゴキブリがいる。

B：マジかよ。毎日掃除してるのにそんなはずがない。

A：討厭，垃圾場裡面有蟑螂。

B：真假，每天都有打掃不可能會這樣的啊。

A：西澤さん、このコップって誰のものですか。

B：私が分かるがわけないでしょ。

A：西澤小姐，這個杯子是誰的？

B：那種事我怎麼知道。

A：今から牛肉麺を３杯食べます。

B：いやいや、そんなに食べられるはずがないですよ。

A：接下來要吃三碗牛肉麵。

B：不不，不可能吃那麼多啦。

課後練習

請將以下的中文句子翻譯成日語。

1. 昨天才剛修好,不可能又壞的。
   _____

2. 這種環境不可能專心。(專心＝集中)
   _____

3. 只是抽一根,不可能上癮。(抽一根＝一服、上癮＝依存症になる)
   _____

4. 已經準備一年了,不可能失敗。
   _____

5. 他做三份工作,不可能有空。
   _____

解答請見 302 頁

62 表示「不是～的時候」的「どころではない」

今は授業中だから、寝る**どころではない**です。
因為現在在上課，不是睡覺的時候。

もうすぐ出勤の時間なので、ゆっくりコーヒーを飲む**どころではない**。
快要到上班時間了，不是慢慢喝咖啡的時候。

書いてる本がまだ終わってなくて、休憩**どころではない**です。
在寫的書還沒結束，還不是休息的時候。

風邪をひいて、勉強**どころではない**。
得了感冒，根本沒辦法學習。

★ 文法重點

要表達「還不是做某件事的時候」的文型，帶有強烈的否定感。

★ 文法接續

前面放「動詞辭書形」或名詞。

◆ 動詞辭書形／名詞＋どころではない

このゲームは忙しすぎて、楽しむどころではない。
這個遊戲太忙了，根本無法享受。

★ 會話

A：一緒に飲みに行きましょう。
B：ごめん、仕事はまだまだたくさんあるので、それどころではないです。

A：一起去喝一杯吧。
B：抱歉，我還有一堆工作，現在還不是時候。

A：ディズニーランドに行きたいな。
B：来週期末テストだよ。遊びどころではない。

A：好想去迪士尼樂園啊。
B：下週期末考，不是玩的時候。

A：この子どう？可愛いだろ？
B：今勉強中だから、そんなものを見るどころではない。

A：這個人如何？可愛吧？
B：我現在在讀書，不是看那種東西的時候。

課後練習

請將以下的中文句子翻譯成日語。

1. 馬上要去下個景點，不是慢慢拍照的時候。（景點＝観光スポット〔かんこう〕）
   _____

2. 因為肚子餓了，不是工作的時候。
   _____

3. 接下來要去補習，不是玩遊戲的時候。（玩遊戲＝ゲームをする）
   _____

4. 現在很忙，不是去看電影的時候。
   _____

5. 我腳受傷了，不是打籃球的時候。
   _____

解答請見 302 頁

63 表示「未必～」的「とは限らない／ないとも限らない」

日本に住んでいるからといって、日本語がペラペラ**とは限らない**。
就算住在日本，日語也不一定說得很好。

ニュースで報じられても、事実**とは限らない**です。
就算新聞有報導，也不一定是真的。

お金をたくさん持っていても、幸せ**とも限りません**。
就算有很多錢，也未必幸福。

このプロジェクトが成功し**ないとも限らない**じゃないか。
這個專案也不一定不會成功啊。

★ 文法重點

用來表達「雖然～也未必～」的文型，所以前面常常接續「雖然」相關的文型「からといって」、「たとしても」常常都會在前面。「必ずしも」也常常放在前面跟「とは限らない」搭配。

「とは」和「とも」的意思是一樣的，但「とは」更強調去否定一般的認知或固有的觀念，「とも」則注重在強調可能性不只一個。

★ 文法接續

可以接續動詞普通形、名詞、「な形容詞」、「い形容詞」，且不需要加其他字來接續。不過要注意「ないとも限らない」之前的詞需要是未然形。

◆ 動詞普通形／名詞／な形容詞／い形容詞＋とは限らない／ないとも限らない

今度の問題は簡単に解決できる**とは限らない**。
這次的問題不一定能輕易解決。

★ 會話

A：藤原さんは日本語の先生ですよね。この漢字の読み方って何ですか。

B：日本語教師だからといって、日本語のすべてがわかるとは限らないです。

A：藤原先生是日語老師對吧，請問這個漢字怎麼唸？

B：就算是日語老師，也未必所有的日語都會。

A：今日眠くて、コーヒー飲もうと思っています。

B：コーヒーを飲んだとしても、必ず目が覚めるとは限らないよ。

A：今天好睏，打算來喝咖啡。

B：就算喝了咖啡也不一定會提神喔。

A：ジョンさんはアメリカ人なんだから、英語は完璧でしょ。

B：アメリカ人でも、ミスしないとは限らないと思います。

A：約翰先生是美國人，英文一定完美吧。

B：就算是美國人，我覺得也不會完全都不會失誤。

課後練習

請將以下的中文句子翻譯成日語。

1. 就算去補習，也未必日語就一定會變好。（變好＝上手になる）
   _____

2. 就算幫助人，也不一定會得到感謝。
   _____

3. 就算是親生母親，也未必會好好照顧孩子。（親生母親＝実母）
   _____

4. 就算努力，也不一定所有事都能順利進行。（順利進行＝上手くいく）
   _____

5. 就算吃保健食品，也未必能變得健康。（保健品＝サプリメント）
   _____

解答請見 302 頁

第十九章總複習

請從下列選項①～④中，選出最適合填入空白的答案。

1. そんな＿＿＿は食べたい人がいるわけがない。
    - ①美味しい料理
    - ②暗黒料理
    - ③和菓子
    - ④ファストフード

2. 誰かが怪我しているぞ、＿＿＿＿。
    - ①面白いだね
    - ②そんなことがあるはずがない
    - ③笑うどころじゃない
    - ④早く笑え

3. アメリカで留学した経験があっても、必ずしも＿＿＿＿とは限らないです。
    - ①日本語ができない
    - ②英語がペラペラ喋れる
    - ③勉強したことがある
    - ④英語が下手だ

4. もう40歳だし、運動しても＿＿＿＿＿。

　　①痩せるわけがない

　　②身長が伸びるはずがない

　　③健康になるわけがない

　　④無駄だ

5. たとえ博士号を取得しても、なんでも＿＿＿＿＿。

　　①わかるとは限らない

　　②わかるはずだ

　　③わかると思いますけど

　　④わかればいいと思うの

解答請見302頁

第20章

表示強迫

(64) わけにはいかない　不能～

(65) ざるをえない　不得不～

(66) ずにはいられない／ずには済まない／ずにはおかない　不得不～

64 表示「不能〜」的「わけにはいかない」

このあと大事（だいじ）なことがあるので、寝（ね）る**わけにはいかない**です。
等一下還有重要的事，不能睡。

日本旅行（にほんりょこう）だから、日本（にほん）のマナーを守（まも）ら**ないわけにはいかない**。
因為是日本旅行，不得不遵守日本的禮節。

明日（あす）の朝（あさ）、仕事（しごと）があるので、寝坊（ねぼう）する**わけにはいかない**です。
明天早上還有工作，不能睡過頭。

★ 文法重點

「わけにはいかない」用來表達「雖然想做，但是因為某些因素不能做」。動詞否定形＋「わけにはいかない」可來表達「某件事情不得不做」，或者「做的話也是理所當然的」。

★ 文法接續

「わけにはいかない」前面加動詞辭書形，要表示「不能不〜」時加動詞否定形。

◆ 動詞辭書形／動詞否定形＋わけにはいかない

こんな人たちに負ける**わけにはいかない**。
不能輸給這種人。

仕事が忙しくて、休む**わけにはいかない**。
工作很忙，我不能休息。

★ 會話

A：中濱さんの部屋、いつも綺麗ですね。

B：親に掃除させるわけにはいかないし、やるしかないです。

A：中濱先生的房間一直都很乾淨整潔呢。

B：不能讓爸媽打掃，只好做了。

A：また新しい服を買っちゃいましたか。

B：はい、でもこれ以上お金を使うわけにはいかないですよね。

A：你又買新的衣服了嗎？

B：是的，但是不能再花錢了。

A：またお酒飲みに行ったんですか。

B：すみません、上司に飲めと言われたので、飲まないわけには行かなかったです。

A：你又去喝酒了嗎？

B：不好意思，上司叫我喝，所以我不得不喝。

課後練習

請將以下的中文句子翻譯成日語。

1. 因為是很重要的朋友,不能不幫助他。
   _____

2. 這是公司的文件,千萬不能搞丟。(搞丟＝落とす)
   _____

3. 既然受了幫助,就不得不報恩。(報恩＝恩返し)
   _____

4. 已經沒時間了,不能休息。
   _____

5. 爸不懂日語,不能讓他一個人去日本旅遊。
   _____

解答請見 302 頁

65 表示「不得不～」的「ざるをえない」

雪が降ったら予定を変更せ**ざるを得ない**。
下雪的話只好放棄了。

本当はやりたくないが、私しか出来ないからやら**ざるをえない**です。
我是不想做，但是只有我會，只好做了。

お金がなくて、一番安いのを買わ**ざるを得ません**。
因為沒錢，不得不買最便宜的。

予算が足りないので、プロジェクトを中止せ**ざるをえない**。
由於預算不足，不得不取消這個專案。

★ 文法重點

要表達「其實是不想這麼做，但是真的不得已」的時候可以用的文型。

★ 文法接續

一律接續「動詞否定形」。但是要注意第三類動詞「する」的時候前面需要加

283

「せ」，所以都會是「せざるを得ない」。

◆ 動詞否定形＋ざるをえない

彼の要求に応じざるをえない状況だ。
現狀不得不滿足他的要求。

★ 會話

A：このほうれん草は小さいし、そろそろダメになりそうだけど。

B：これしか残ってないなかったから、買わざるを得なかった。

A：這個菠菜有點小，而且好像快壞了。

B：只剩下這個，只好買了。

A：すみませんが、お客様が多くて、ちょっと居残りしてくれませんか。

B：かしこまりました。こういう時は残業せざるを得ないですね。

A：不好意思，最近客人很多，可以再多留一下嗎？

B：我知道了，這種時候只好加班了。

A：やばい！終電を逃しちゃった！

B：歩いて帰らざるを得ないですね。

A：糟糕了！錯過電車了。

B：只好走路回家了。

課後練習

請將以下的中文句子翻譯成日語。

1. 下雨了，只好取消活動。（取消＝キャンセル）
   _____

2. 因為電腦壞了，只好用手寫了。（手寫＝手書き）
   _____

3. 便宜的票都賣完了，只好買貴的票了。
   _____

4. 公司一直出現可疑的事，不得不懷疑同事。（可疑＝怪しい）
   _____

5. 雖然想好好放鬆，但在海外旅行不得不小心。
   _____

解答請見 302 頁

66 表示「不得不～」的「ずにはいられない／ずには済まない／ずにはおかない」

こんなに努力してる彼を応援せ**ずにはいられない**。
不能不支持這麼努力的他。

コーヒーを飲むのが好きで、毎日3杯は飲ま**ずには済まない**。
我喜歡喝咖啡，每天不喝個三杯不行。

あれは犯罪行為だから、警察に通報せ**ずにはおかない**です。
因為那個是犯罪行為，所以必須要報警。

彼の話を聞いたら、笑わ**ずにはいられなかった**。
聽到他的話，我忍不住笑了。

★ 文法重點

「ずにはいられない／ずには済まない／ずにはおかない」三種的意思、用法都相同，用來表示「常識上必須要這麼做」、「自然而然會演變成這種情況」的時候可以用的文型。都是跟自己的意思決定無關，而是狀況上必須得這麼做的語感。

★ 文法接續

前面皆為接續「動詞否定形」,「ず」已有否定含意。但是要注意第三類動詞「する」的時候前面需要加「せ」,所以會是「せずにはいられない／せずには済まない／せずにはおかない」。

◆ 動詞否定形＋ずにはいられない／ずには済まない／ずにはおかない

ニュースを聞いて、驚かずにはいられない。
聽到新聞,我不能不感到驚訝。

★ 會話

A：さっきからずっと牛乳を飲んでいますね。
B：めっちゃ辛いラーメンを食べたので、牛乳を飲まずにはいられないです。

A：你從剛剛就一直在喝牛奶呢。
B：因為吃了超辣的拉麵,不得不喝牛奶。

A：最近円安だし、物価も上がってる。どうしたらいいでしょうか。
B：大変な時期ですから、節約せずには済まないですね。

A：最近日幣貶值,物價也上漲,怎麼辦才好呢?
B：這種辛苦的時期,真的不得不省一點了。

A：どうしてこんな高いフィギュアを買ったんですか。
B：子供の頃から大好きなキャラクターだから、買わずにはおかないのです。

A：怎麼買了這麼貴的公仔?
B：這是我從小最喜歡的角色,不得不買。

課後練習

請將以下的中文句子翻譯成日語。

1. 她太漂亮了，我不能不看她。
   _____

2. 這個飲料太好喝了，每天不喝不行。
   _____

3. 女兒每天都晚回家，讓人不得不擔心她。
   _____

4. 對於這樣的政府，不得不發牢騷。（發牢騷＝文句を言う）
   _____

5. 一聞到雞排的香味，我會忍不住買。（雞排＝ジーパイ）
   _____

解答請見 303 頁

第二十章總複習

請從下列選項①～④中，選出最適合填入空白的答案。

1. もう大人だから、過ちを犯したら＿＿＿＿。
    ①したいことは全部できます
    ②きちんと責任を取らないわけにはいかないです
    ③別にどうでもいいです
    ④リラックスして休みを取らないわけにはいかないです

2. 責任者は何がある時、＿＿＿＿。
    ①絶対に逃げるわけにはいかないです
    ②早く逃げ去った方が賢いです
    ③知らんぷりしなければいけないです
    ④すぐに警察に通報してください

3. もう手がないから、＿＿＿＿ざるを得ないです。
    ①頑張っていく
    ②諦め
    ③いろんな方法を試さ
    ④やら

289

4. ＿＿＿＿なので、病院で生活せざるを得ないと思います。

　①あざ
　②擦り傷
　③風邪
　④重篤な症状

5. 日本に来てからもう10キロ太った。もう＿＿＿＿にはいられない。
　（答案不只一個）

　①寝ず
　②ダイエットせず
　③運動せず
　④結婚せず

解答請見 303 頁

附錄

■ 範例解答

範例解答

日語的動詞變化

1. 先週の金曜日、私はシャワーを浴びて、ジョギングしてから、会社へ行きました。
2. 火事だ！逃げろ！
3. 娘に好きなプレゼントを選ばせます。
4. 今日は暇だから、サボれます。
5. 私は母に日記を読まれました。

日語的時態變化

1. 10年前、私は大学生でした。
2. 昔は友達の作り方がわかりませんでした。
3. 一昨日食べたラーメンは美味しかったです。
4. この前サークルのイベントは楽しくなかったです。
5. 私は昔、会社の経営をしてました。

基礎日語敬語

1. 少々お待ちください。
2. では、いただきます。
3. お客様がいらっしゃいました。
4. 明日の10時に先生のお宅へ伺います。
5. 私は存じません。

第一章總複習

1. ② 讓朋友嚇到真的很不好意思。
2. ③ 去年暑假期間透過寄宿家庭住在國外。
3. ② 被媽媽拜託買東西了。
4. ① 雖然很討厭吃菜，但是被女朋友逼迫吃蔬菜了。
5. ④ 上田先生在嗎？
6. ③ 知道了，之後由我來傳達。

01

1. 大雪によって、仙台までの道は封鎖された。
2. 文化は国によって違う。
3. 警察が見つけた証拠により、有罪判決が下された。
4. この人形は鉄によって作られた。
5. 漫画はお母さんによって捨てられた。

02

1. 疲れたからこそ、今は休憩してる。
2. 今がチャンスだからこそ、頑張ってください。
3. あの方すごく可愛いからこそ、恥ずかしいんだが。
4. これは便利だからこそ、買いました。
5. 時間がないからこそ言うけど、答えはググったらすぐわかるんだ。

03

1. 山田くんのおかげで、宿題ができました
2. 会社のおかげで、出張する機会があります。
3. 上司のせいで、ライブに行けなくなりました。
4. 携帯をなくしたせいで、連絡が取れません。
5. 先生のおかげで、問題が解決されました。

04

1. チームワークが大事なものだから、私はよく人とコミュニケーションを取る。
2. 人身事故があったものだから、遅れてしまいました。
3. 最近お金使いすぎたもので、ご飯はいけなくなりました。
4. アレルギーあるものだから、エビは食べません。

5. 残業しすぎたものだから、彼は倒れてしまいました。

05

1. サインした以上、ルールを守らないといけない。
2. 転職すると決めた以上は、ちゃんと準備しなければいけません。
3. 台湾に来たからには、臭豆腐も食べてみてほしいです。。
4. この料理を作るからには、おいしくするつもりです。
5. この商品は返品できない以上は、使うしかないです。

第二章總複習

1. ③　向您傳達因為地震所導致的災情。
2. ③　正是因為聽說這個遊戲很有趣我才想玩看看。
3. ①　多虧老師我的日文變好了。
4. ①　正因為很便宜我才買了。
5. ④　正因為這次的考試很難我才想挑戰看看。
6. ②　因為在下雨所以我帶傘出門。

06

1. シンガポール出張の折に、小学生時代の友達に会いました。
2. 忙しい際にお邪魔して、本当にすみませんでした。
3. お目にかかった折に、アメリカ留学の話を教えてください。
4. 日本旅行の際に、たこ焼きを食べました。
5. 外出の折に、電気を消してください。

07

1. 学生のうちに、いろいろなことを体験してください。
2. 出張の最中に、地震がありました。
3. 親が留守のうちに部屋を掃除しました。
4. 彼女はよく食事の最中に携帯をいじる。
5. 知らないうちに、足にあざができています。

08

1. AI技術が進んでいる現代において、ツールをマスターするのは大事です。
2. 料理において、私は何もできません。
3. 人生における成功は、人によって定義が違います。
4. 彼は仕事面においても、生活面においても、バランスをとっています。
5. サービス業において、態度は技術より重要です。

第三章總複習

1. ②　來公司的時候預定要買早餐。
2. ④　趁著天色還亮，早點回家吧。
3. ②　人生中的選擇有時會帶來重大影響。
4. ①　在這間飯店發生了殺人事件。

09

1. 山田さんは私に比べて、AIの知識をもっと持っています。
2. この店はあの店に比べると、もっと美味しくて安いです。
3. この犬は他の犬に比べて、一番おとなしいです。
4. 今年は去年と比べると、もっと暑く感じます。
5. 男性は女性に比べると、視覚優位です。

10

1. 接客ほど嫌いなことはないです。
2. 彼ほどパソコンに詳しい人はいないです。
3. ペットが死ぬことぐらい辛いことはないです。
4. 日本ほど好きな国はないです。

5. 日本語くらい難しい言葉は他にないです。

11

1. ビールはやっぱり台湾ビールに限る。
2. 台湾旅行はやっぱり臭豆腐に限る。
3. お好み焼きはやっぱり大阪で食べるに限る。
4. 怪しい人がいたらやっぱり警戒心を持つに限る。
5. 携帯はやっぱりアップルの限る。

第四章總複習

1. ② 日本跟台灣比比較大。
2. ① 沒有比這個還可愛的衣服了。
3. ③ 來台灣的話就是要吃好吃的食物。
4. ② 跟老師比起來，我什麼都不知道。
5. ① 休假的時候就是要好好休息。

12

1. 子供の頃に戻りたいとしても、戻れないです。
2. 例え今回不合格としたって、次がありますよ。
3. 例え冗談だとしても、こんなこと言ってはダメですよ。
4. ミスをしたとしたって、ちゃんと謝ったら許されるよ。
5. たとえお金がないとしても、楽しく過ごしたいです。

13

1. 成功にせよ、失敗にせよ、いい経験になると思います。
2. 晴れの日にしろ、雨の日にしろ、出かけます。
3. お寿司にしても、ラーメンにしても、大好きなんです。
4. 英語にしても、日本語にしても、マスターしたいです。
5. 仕事にせよ、生活にせよ、バランスを取り

たいです。

第五章總複習

1. ② 就算想留學，也因為沒錢沒辦法去。
2. ④ 就算想交朋友，也很難交到。
3. ③ 不管是德國還是英國都想去。

14

1. 彼女は出国したことないくせに、外国のことに詳しいと自称してる。
2. ご飯の約束をしたくせに、ドタキャンした。
3. 弁護士のくせに、法律のことは何も知らない。
4. 携帯を持っているくせに、自分で調べたら。
5. 休みのくせに、なんでまだ仕事してるんですか。

15

1. 体に良くないと知りつつ、お酒が飲みたくなります。
2. レポートを書かないといけないと思いつつ、ドラマを見たくなってしまいます。
3. 日本語を勉強しなきゃと思いつつ、サボりたいです。
4. 仕事しなければ給料ももらえないと知りつつ、サボってしまった。
5. 半分諦めつつも、少しは勉強しました。

16

1. 台風が近づいているにもかかわらず、彼は海に遊びに行った。
2. 彼は男にも関わらず、女湯に入った。
3. 彼は80歳にも関わらず、毎日仕事してます。
4. お祭りは雪にも関わらず、通常通りに行います。
5. 日本人にも関わらず、彼は臭豆腐が大好きです。

17

1. 彼の格好を見て女性かと思いきや、男性でした。
2. 良い人かと思ったら、詐欺でした。
3. 日本人のみんな礼儀正しいと思えば、こんな人もいるんですね。
4. 日本語が全然できないかと思いきや、すごいペラペラじゃないですか。
5. 友達がバナナ大好きだと思ったら、実はあまり好きではなかった。

第六章總複習

1. ④ 他明明知道卻假裝不知道。
2. ① 雖然很喜歡卻很難告白。
3. ② 雖然是不擅長的人，但是因為是客人所以只好陪他了。

18

1. 台湾料理を食べるとしたら、何が食べたいですか。
2. それは本当のこととすれば、彼女は辞めるはずです。
3. 行くとすると、なにで行きますか。
4. アメリカに行くとしたら、どの州に行きたいですか。
5. 日本語を勉強したいとすれば、何を見ればいいですか。

19

1. 明日雨が降るとしたら、傘を持っていくべきだ。
2. それが本当とすれば、驚くべきことです。
3. 彼が来るとすると、会議は早く始まる。
4. 問題が発生したとしたら、すぐに対処します。
5. 彼女が好きだとすれば、告白するべきだ。

20

1. 日本に行かないことには、日本語が上手になれないですか。
2. お金がないことには、色々なことができなくなります。
3. パソコンがないことには、レポートは書けないです。
4. きちんと寝ないことには、体調も崩すでしょう。
5. ニュースを見ないことには、わからないのも当然でしょう。

21

1. インターネットがある限り、世界中のことを知ることができます。
2. 台湾にいる限り、毎日夜市でご飯が食べられる。
3. バイクの少ない日本にいる限り、バイクが邪魔にならないです。
4. 人間である限り、基本的な尊重が必要です。
5. 特別な理由がない限り、適当に休みを取ってはいけません。

22

1. この問題さえ解ければ、合格できる。
2. コツさえ掴めば、誰でもできます。
3. 給料さえ高ければ、どんな仕事でもします。
4. 君さえいなければ、私は一位になれた。
5. 強いモチベさえあれば、誰でも日本語をマスターすることができます。

第七章總複習

1. ④ 如果中樂透的話，你會怎麼做？
2. ③ 如果不需要擔心錢，每天都要懶散生活。
3. ④ 沒有好好地學習日文，沒有辦法在N1拿到高分。
4. ② 既然還是學生，當然要好好學習。
5. ④ 不是只要告白就一定會成功。

23

1. 今日の天気も曇りがちです。

2. みんなは優しくしてくれる人が好きになりがちです。
3. 最近、家の掃除が忘れがちです。
4. よく外食すると、十分な野菜を食べられなくなりがちです。
5. 最近山田さんは休みがちですが、病気ですか。

24

1. 彼は怒りっぽい人です。
2. 彼女の態度から見れば、嘘っぽいです。
3. 私は熱っぽいですので、この後病院へ行きます。
4. 中華料理は油っぽいものがよくあります。
5. 父は年だから忘れっぽいです。

25

1. 最近は下痢気味で、どうすればいいですか。
2. 休みの時も疲れ気味で、いつも寝ています。
3. どうせ失敗するから、半ば諦め気味です。
4. 私は人見知りなので、何をしても遠慮気味です。
5. 疲れすぎると体調を崩し気味です。

第八章總複習

1. ③ 那個人運氣不好,容易捲入麻煩。
2. ① 雖然不知道他說的是真的還假的,但感覺是假的。
3. ② 因為好像感冒了,所以今天會戴口罩。
4. ③ 那個人是正妹,被搭訕也是常有的事。
5. ② 這個穿著,好日本人。

26

1. 身長伸ばしてほしいので、毎日早寝早起きしています。
2. 数学は本当に難しすぎて、誰か助けてほしいです。
3. 彼女には謝ってほしいです。
4. おばあちゃんがずっと元気でいてほしいです。
5. 仕事の進捗を報告してほしいです。

27

1. 寒い時は布団をかぶって出かけたくないものです。
2. 一ヶ月くらいの休みをもらいたいものです。
3. できれば今すぐ世界一周旅行したいものです。
4. 大食いがいれば見たいものです。
5. 超高い懐石料理を食べてみたいものです。

28

1. ジェンダー平等の社会を作れないものだろうか。
2. 仕事しなくてもお金を稼げる方法はないものだろうか。
3. 身長高くてイケメンでお金持ちの男がいないものだろうか。
4. 給料がもっと高い仕事がないものだろうか。
5. 薬を飲まなくても治る方法はないものだろうか。

第九章總複習

1. ④ 因為我現在很忙,這邊的垃圾,希望你幫我丟一下。
2. ② 因為很窮,希望可以提高薪水。
3. ③ 常常犯錯,難道沒辦法變得更擅長工作嗎。
4. ④ 如果有什麼事的話,希望馬上跟我報告。
5. ① 因為貓很可愛,希望可以養一隻。

29

1. 一緒にチャレンジしてみようじゃないか。
2. YouTubeで新作をつくろうではありませんか。
3. そういう状況になったら諦めようではないか。

4. 天気がいいから散歩しようじゃないか。
5. 疲れたらちゃんと寝ようじゃありませんか。

30
1. 毎日運動する習慣を保つのはいいことです。
2. 誰でも自由を失われたくないものです。
3. 人はミスをするもんです。
4. 子供は早く寝るものだ。
5. 相手の目を見て話すことです。

31
1. 責任者は責任を取るべきです。
2. 学歴がどんなに高くても、傲慢な態度で話すべきではないです。
3. 遅れる場合は、会社に連絡するべきです。
4. 犬を飼ったら、最後まで世話をすべきです。
5. どんなことがあっても、戦争すべきではないです。

第十章總複習
1. ④ 大家，一起修正憲法來守護國家吧。
2. ① 好吃的食物大家都想吃。
3. ④ 養狗的話就要好好負起責任。

32
1. がっかりすることはないですよ。また来るので。
2. この犬は温厚な性格で、怖がることはない。
3. メールで送れば大丈夫なので、わざわざ行くことはない。
4. 三日間の日本旅行だけなので、わざわざ見送りに来ることはないです。
5. これは家族の食事会だから、わざわざメークして行くことはないですよ。

33
1. 今回の会議は、出なくても差し支えないです。
2. お支払いは、マッサージが終わってからでも差し支えない。
3. 献血なので、お金がなくても差し支えないです。
4. すごく暑いので、外出しなくても差し支えない。
5. 急ぎなので、出前を頼んでも差し支えないです。

34
1. カンニングは学生として許すまじき行為です。
2. 呼び捨てで上司を呼ぶことは、部下としてするまじきです。
3. あんな汚い言葉を言うのは、先生としてするまじき行為です。
4. 市民をいじめるなど、警察にあるまじき行為です。
5. ペットを世話しないで死なせるのは、飼い主として許すまじき行為です。

第十一章總複習
1. ④ 因為我是有錢人，不需要跟人借錢。
2. ③ 在這邊吃東西也沒關係。
3. ③ 賄賂這種事是政治家不應該有的行為。
4. ① 因為我知道路，所以不需要擔心。
5. ④ 因為今天是晴天所以不帶傘出門也沒關係。

35
1. ミスをしない人はいないはずです。
2. 何度も掃除したから、綺麗なはずです。
3. こんなに準備したから、大丈夫なはずなのに。
4. 山田さんなら、合格できるはずです。
5. 昨日直したばかりだから、もう壊れないはずです。

36

1. もうたくさん買ったから、足りないことにはなるまい。
2. 失敗しても泣くまい。
3. サービスが良くないから、もう行くまい。
4. 私はここにいるから、心配することはあるまい。
5. 彼はもう両親と会うまいと決心した。。

37

1. 運動しないと健康に悪い影響が出る恐れがある。
2. 子供を車に放置すると、命に関わる恐れがあるので、絶対にやめてください。
3. そんなことしたら、犯罪になる恐れがあります。
4. 経営不振のため、会社が倒産する恐れがある。
5. そこで食事したら、他人の迷惑になる恐れがあります。

38

1. この試験はあなたの人生を左右しかねない。
2. 独学したらもっと挫折しかねないです。
3. こんなに暑い天気に水を飲まないと脱水症になりかねない。
4. 公務員まで汚職したら、政府は信用を失いしかねない。
5. 吸い殻をちゃんと処分しないと、火事になりかねない。

39

1. ググる方が早いに違いない。
2. この店の方が美味しいに相違ない。
3. 藤原の例文を読めば、日本語の文法をもっと早くマスターできるに違いない。
4. 彼が遅刻したのは、何かトラブルがあったに違いない。
5. バッタービールは熱い方が美味しいに違いない。

第十二章總複習

1. ③ 因為每天都在做，應該知道。
2. ④ 不再做這種累死的事。
3. ③ 吃那麼甜的東西有可能會變胖。
4. ④ 因為很冷，請穿好衣服，可能會感冒。
5. ④ 娜美醬看起來很累，一定是因為每天都很認真工作。

40

1. 彼女は料理が上手なばかりか、家事全般優れてます。
2. この仕事は肉体的に疲れるばかりでなく、精神的にも結構疲労する。
3. この店は見た目ばかりか、味もすごくいいです。
4. タピオカミルクティーは台湾ばかりか、世界中でも人気があります。
5. 台湾はバイクが多いばかりでなく、交通ルールを守らない人も多いです。

41

1. 日本の礼儀は日本人に限らず、観光客も守らないといけない。
2. 怪しい人に限ったことではなく、誰に対しても気をつけましょう。
3. 健康になるには、運動に限らず、バランスの取れた食事やサプリメントも重要です。
4. 京都は週末に限らず、毎日観光客が多いです。
5. 女性に限らず、男性も育児の責任を取らなければなりません。

42

1. 単語覚えるときは意味のみならず、発音も練習しないといけないです。
2. 動画を作るのは撮影のみならず、編集も大事です。

3. 人生はお金のみならず、愛する人との時間はもっと大切です。
4. ダイエットは運動のみならず、飲食も気をつけなければダメです。
5. 洗顔の後、化粧水のみならず、乳液も使います。

第十三章總複習

1. ② 這間店不只賣韓國的商品，也賣台灣的商品。
2. ③ 這個運動不只男性，女生也可以簡單地做到。
3. ④ 偷拍已經不只是道歉的問題，而是犯罪的問題。
4. ③ 環球影城不只有遊樂設施，連餐廳都很讓人開心。
5. ③ 娜美醬的按摩店不只有今天，每天都營業。

43

1. 計画の通り、プレゼンテーションは10分以内に終わりました。
2. 予定通り、お客さんが約束の場所に現れてくれました。
3. 本に書いた通りにやったら、本当に成功しました。
4. 予言の通り、コロナウイルスが流行しました。
5. 噂の通り、田中さんが浮気しています。

44

1. これから事実に基づいて事情を説明していきます。
2. 女性の証言に基づいて、警察が容疑者を見つけました。
3. 結果に基づいてご褒美を与えます。
4. この曲は別の曲に基づいて作曲されました。
5. この料理は有名なシェフのレシピに基づいて作られました。

45

1. いろいろな立場を踏まえて、議論をします。
2. 市場動向を踏まえて、投資をします。
3. 先輩の経験を踏まえて、イベントをやります。
4. 親の意見を踏まえて学校を選びます。
5. 試験の結果を踏まえて将来のプランを決めます。

46

1. 通りに沿って木を植えましょう。
2. シナリオに沿った演劇
3. 新しい方針に沿って行動します。
4. 白い線に沿って並んでください。
5. レジュメに沿ってプレゼンテーションしてください。

第十四章總複習

1. ① 這次的旅行按照我計畫的順利進行。
2. ② 根據在網路上查到的資料來訂定旅行的計畫。
3. ② 承著之前在美國留學的經驗，在美國求職。

47

1. 明日の天気によってスケジュールを決めます。
2. 使用者の意見によって新製品を開発します。
3. 国によって、文化が違います。
4. 人によって選択が違います。
5. 状況によって残業するかもしれません。

48

1. 留学できるかどうかあなたの成績次第です。
2. 言葉遣い次第で、人を怒らせる可能性があります。
3. 合格できるかどうか、あなたの努力次第だ。

4. お弁当はおかず次第で、ご飯を食べる量を決めます。
5. 経済的自立できるかどうかは貯金次第です。

49

1. 先生の一言をきっかけにして、大学院の試験を準備し始めた。
2. 結婚をきっかけにして、新しい車を買いました。
3. 足を怪我したのを契機にして、書道を練習し始めました。
4. 大学に入ったのをきっかけに、パソコンを買いました。
5. 旅行を契機にして、新しい靴を買いました。

第十五章總複習

1. ① 根據老師的不同，教法也各式各樣。
2. ② 工作結束之後我馬上會報告。
3. ①③④ 以問卷調查的結果來寫報告。
4. ①④ 以新冠肺炎為契機，開始學日文（開始找可以遠程辦公的工作）
5. ③ 刀子拿來切東西很方便，但是依照使用方式，也可能成為兇器的可能性。

50

1. フルーツはメロンとかスイカとかが食べたいです。
2. 今度の旅行は日本とか韓国とかアジアの国へ行きたいです。
3. 台湾グルメはサツマイモボールとかおすすめします。
4. 出かける時はICカードとか傘とかを持っていってください。
5. ピーマンとかにんじんとかは私が嫌いな野菜です。

51

1. 唐揚げやらフライポテトやらは、肥満症になる原因です。
2. スーパーでキャベツやら焼きそばやら、色々買いました。
3. お菓子やらを食べすぎて虫歯ができました。
4. 今日は日本のドラマやら韓国ドラマやら見て、1日が終わりました。
5. 来年は試験やら就職活動やらがあるから忙しいです。

52

1. 玉ねぎといいニンニクといい、私は食べられない。
2. 髪型といい、顔といい私のタイプです。
3. ドイツといい、フランスといい、ヨーロッパは全部行きたいです。
4. パソコンといい携帯といい、私は苦手です。
5. この時計はデザインといい色といい、素晴らしいです。

第十六章總複習

1. ①② 想去的國家有德國、法國等等。
2. ①② 收拾廚房要洗洗碗機，還要把餐具放回櫃子，有很多事要做哦。
3. ④ 這衣服不管是版型還是顏色都是我喜歡的。
4. ① 旅行的話要準備行李還要買票很麻煩。
5. ③ 如果有朋友陪我的話，也許會變得有精神。

53

1. 国籍に関わらず、誰でも入れます。
2. このチケットは期間を問わず、いつでも使えます。
3. 成績に関わらず、勉強したければ私が教えます。
4. この店は購入金額に関わらず、送料無料になります。
5. この会社は場所を問わず、どこでもリモートワークできます。

54

1. 美味しいかどうかはともかく、この店のサービスはすごくいいです。
2. 目標達成できたかかどうかは別として、今年は楽しい一年でした。
3. 他の人がどう評価するかはさておき、私は好きです。
4. 顔はともかく、人柄は好きです。
5. このかばんの値段は別として、見た目は可愛いらしいです。

55

1. 大雨の予報をよそに、彼女は傘を持たないで出かけました。
2. 先生の心配をよそに、毎日授業をサボります。
3. 他人の視線も構わず、電車の中で電話しています。
4. 高い値段をよそに、彼はこの家を買いました。
5. 家族の反対も構わず、彼は海外へ仕事に行きました。

第十七章總複習

1. ③　無論年齡，從三歲的小孩到80歲的年長者不管是誰都歡迎。
2. ③　無論理由，遲到就是不好。
3. ②　不顧周圍的危險，隨便燒垃圾。
4. ①　先不管臭豆腐的聞起來怎樣，吃起來是相當美味的。
5. ①　他不在意自己已經有女朋友了，還在到處搭訕女生。

56

1. 宝くじは運にほかならないです。
2. 学生として一番大事なのは勉強にほかならないです。
3. 今一番便利なのは携帯にほかならないです。
4. 私が行きたい会社はトヨタに他ならないです。
5. 今回の面接が失敗したのは私の実力不足に他ならないです。

57

1. 揚げ物を食べるのは体に良くないに決まっている。
2. 彼は西野さんが好きに決まっています。
3. 晩ご飯はマクドナルドに決まっています。
4. ユーチューブチャンネルは藤原豆腐に決まっています。
5. このやり方は失敗するに決まっています。

58

1. 停電しているので、寝るしかないです。
2. 日本で働きたいから、日本語を勉強するしかないです。
3. 今回の試験は全然準備してないから諦めるしかないです。
4. このかばんは素敵すぎて、買う他ないです。
5. こんな優しい人は、好きになる他ないです。

59

1. お金は全てではないけど、お金を持っているに越したことはないです。
2. この時代は変化が早いから、ずっと勉強し続けるに越したことはないです。
3. 靴は毎日履くものなので、いい靴を買うに越したことはないです。
4. せっかく日本に来たから、富士山に登るに越したことはないです。
5. 難しいけど、自分の家を持っているに越したことはないです。

60

1. 仕事はお金を稼ぐ方法の一つにすぎません。
2. これは彼の数多い作品の中の一つに過ぎないです。

3. 私は会社の一員にすぎません。
4. どんなに筋トレしても、肉に過ぎない。
5. 私は日本語教師の中で一番弱いものに過ぎないです。

第十八章總複習

1. ① 發生地震的時候，最重要的是冷靜並迅速地應對。
2. ③ 人生最好是一定要有自己的目標比較好。
3. ② 今天店裡非常地擁擠，只剩下櫃檯的位置了。

61

1. 昨日修理したばかりから、また壊れるはずがない
2. こんな環境で集中できるわけがないです。
3. 一服するだけで、依存症になるはずがないです。
4. 一年も準備したので、失敗するわけがない。
5. 彼は仕事を3つやっているので、暇があるはずがない。

62

1. すぐ次の観光スポット行くので、ゆっくり写真を撮るどころではない。
2. お腹が空いたので、仕事するどこではないです。
3. これから塾にいくから、ゲームをするどころではない。
4. 今忙しいから、映画を見にいくどころではないです。
5. 足に怪我をしたので、バスケをやるどころではないです。

63

1. 塾に通っても、必ず日本語が上手になるとは限らない。
2. 人を助けても、必ず感謝がもらえるとは限らないです。
3. 実母でも、ちゃんと子供の世話をするとは限らないです。
4. 努力しても、全てがうまくいくとは限らないです。
5. サプリメントを食べても、必ず健康になるとは限らないです。

第十九章總複習

1. ② 那種黑暗料理不可能有人想吃。
2. ③ 有人受傷，不是笑的時候。
3. ② 就算有在美國學的經驗，也沒有說一定英文很流利。
4. ② 都已經40歲了，就算做運動也不可能長高。
5. ① 就算拿到博士學位，也不是什麼都知道。

64

1. 大事な友達だから、助けないわけにはいかないです。
2. このは会社の書類だから、絶対に落とすわけにはいかないです。
3. 助けてもらったからには、恩返ししないわけにはいかないです。
4. もう時間がないから、休むわけにはいかないです。
5. 父さんは日本語がわからないから、一人で日本旅行に行かせるわけにはいかない。

65

1. 雨だから、イベントをキャンセルせざるを得ない。
2. パソコンが壊れたから、手書きにせざるを得ないです。
3. 安いチケットが売り切れだから、高いチケットを買わざるを得ないです。
4. 会社で怪しいことばかり起きたので、同僚を疑わざるを得ないです。
5. ゆっくりリラックスしたいけど、海外旅行は気をつけざるを得ないです。